猟奇の果

江戸川乱歩

春陽堂

目次

猟奇の果

前篇　猟奇の果

猟奇の果

前篇　猟奇《りょうき》の果《はて》

はしがき

彼はあまりにも退屈屋でかつ猟奇者であり過ぎた。

ある探偵小説家は（彼も又退屈のあまり、この世に残された唯一の刺戟物《しげきぶつ》として、探偵小説を書き始めた男であったが）このような血なまぐさい犯罪から犯罪へと進んで行って、ついには小説では満足出来なくなり、実際の罪を、たとえば殺人罪を、犯すようなことになりはしないかと恐れた由であるが、この物語の主人公は、その探偵作家の恐れたことを、実際にやってしまった。猟奇が嵩《こう》じて、ついに恐ろしい罪を犯してしまった。

猟奇の徒よ、卿等《けいら》はあまりに猟奇者であり過ぎてはならない。この物語こそよき戒《いましめ》である。猟奇の果が如何《いか》ばかり恐ろしいものであるか。

この物語の主人公は、名古屋市のある資産家の次男で、名を青木愛之助《あおきあいのすけ》という、当時三十歳になるやならずの青年であった。

パンのために勤労の必要もなく、お小遣と精力はありあまり、恋は、美しい意中の人を妻にして三年、その美しさに無感覚になってしまったほどで、つまり、何一つ不足なき身であったがゆえに彼は退屈をしたのである。そして、いわゆる猟奇の徒となり果てたのである。

彼はあらゆる方面でいかもの食いを始めた。見るものも聞くものも、たべるものも、そして女さえも。だが、何物も彼の根強い退屈を癒《いや》してくれる力はなかった。

そのような彼であったから、当然探偵小説という文学中でのいかものを耽読《たんどく》した。犯罪に興味を持った。そして、猟奇の徒が犯罪の一つ手前の刺戟物として、好んで試みるところの、例の猟奇クラブという、変な遊戯をさえ始めた。だが、これとても、結局は彼の退屈を一層救い難きものにしたばかりである。刺戟が強くなればなるほど、一方ではそれを感じる神経の方で、麻痺していくのだ。

とはいえ、犯罪以外の刺戟剤としては、この猟奇クラブが最後のものであった。

そこでは、考え得るあらゆる奇怪なる遊戯が行われた。パリのグランギニョルにならった、血みどろで淫猥《いんわい》な小劇、各種の試《し》肝会《たんかい》風の催し物、犯罪談、ｅｔｃ、ｅｔｃ。会合毎に当番が定められ、当番の者は、たとえば「自分は今人を殺して来た」というようなことを、まじめくさって告白して、会員たちを戦慄《せんりつ》させ、仰天させ、アッといわせる趣向を立てなければならぬのだ。

だんだん種がきれて来ると、しまいには、会員を真底《しんそこ》から戦慄させたものに、巨額の懸賞金をつける申し合わせさえした。青木愛之助はほとんど彼一人でその資金を提供した。

だが、このような趣向には限りがある。青木愛之助が、如何に刺戟にかつえていたからとて、又彼がどれほどの賞金をかけたとて、金ずくで自由になる事柄ではないのだ。

ついに猟奇クラブも、趣向が尽きると共に、一人抜け二人抜け、いつ解散したともなく、解散してしまった。そして、そのあとには、前よりも一層耐えがたい退屈だけが取り残された。

作者が思うのに、これは当然のことなのだ。猟奇者が猟奇者である間《あいだ》は、永久に彼の猟奇心を満足させることは出来ないのだ。彼はあくまでも第三者であり傍観者だからである。犯罪談をしたり聞いたりしているのでは、真底からの恐怖や戦慄が味わえるものではない。若《も》しそれを味わいたかったなら、彼自《みず》から犯罪者となるほかはないのだ。極端な例でいえば、人に殺されるか、人を殺すかするよりほかはないのだ。

それが猟奇の果である。だが、如何なる猟奇の徒とはいえども、(我が青木愛之助といえども)どれほど刺戟にかつえたからと云って、まさか自から進んでほんとうの犯罪者に身を落とし、「猟奇の果」を極めるほどの勇気はないのである。

品川四郎《しながわしろう》熊娘の見世物に見とれること

青木愛之助は東京に別宅を持っていて、月に一度ぐらいずつ、交友や芝居や競馬のために出京して、一週間なり十日なり滞在して行く例であった。愛妻の芳江《よしえ》は同伴することもあり、しないこともあった。

先《ま》ず最初は東京での出来事である。

大学以来の友達に(愛之助は東京大学を出たのだ)品川四郎という男があった。貧乏人の息子であったから、大学を出るとすぐ職を求め、ある通俗科学雑誌社へはいったが、いつの間にかその雑誌を自分のものにして、自分の計算で発行するようになっていた。相当利益も上がるらしい。

彼も商売が商売だから、猟奇を好まぬではなかったが、どちらかといえば正常な男で、青木の出鱈目《でたらめ》な生活を非難していた。ことに、猟奇クラブというようなものには反対で、そんなばかばかしいことをいくらやったって、退屈がなおるものかと、軽蔑《けいべつ》していた。彼は実際家であった。

彼の猟奇は実際談であって、青木とレストランで飯を食う時など、よく調べた最近の犯罪談などを話して聞かせた。

愛之助の方では、品川のその実際的なところを軽蔑した。犯罪実話なんて退屈だからよせといった。そして彼の好きな、荒唐無稽《こうとうむけい》な怪奇の夢を語るのであった。

つまり彼等はお互いに軽蔑し合いながら、どこかしら合うところがあって、変わらぬ交わりを続けていたのである。

ところが、ここに、そういう性質の彼等の、どちらもが非常に興奮して、夢中になってしまうような、怪事件が起こった。青木にはそれの神秘で奇怪なところが気に入った。品川はそれが生々《なまなま》しい現実の出来事であったがゆえに心をひかれた。何と不思議なことには、その事件というのは、非常に現実的であって、しかも、同時に探偵小説家の夢も及ばぬ、奇怪千万なものであった。

先ず順序を追ってお話ししましょう。

秋、招魂祭《しょうこんさい》で九段《くだん》の靖国神社《やすくにじんじゃ》が、テント張りの見世物で充満している、ある午《ひる》過ぎのことであった。

青木愛之助は、例のいかもの食いで、招魂祭というと、九段へ行って見ないでは承知の出来ぬ男であったから（彼はこの九段の見世物見物も、その月の上京中のスケジュールの一つに加えていたほどだ）、時候としては蒸し暑く、ほこりっぽい、いやな天気であったけれど、薄いインバネスにステッキという支度《したく》で、電車を降りると、九段坂をブラブラと上って行った。

ちょっと余談にわたるが、彼はこの九段坂というものに変な興味をいだいていた。というのは、彼の非常に好きな村山槐多《（注1）むらやまかいた》という死んだ画家があって、その槐多に探偵小説の作が三つばかりあるのだが、ある探偵小説の主人公は、舌に肉食獣のようなギザギザのある、異様な男で、その男が遺言状か何かを、この九段坂の石垣のうしろへ隠して、その場所を暗号で書いて、誰かに渡すというような筋なのだ。で、青木は、九段坂を上るたびに、槐多の小説を思い出し、現在では当時とはまるで変わっているけれど、道路のわきの石垣を、変な感じでながめないではいられぬ次第であった。

「あの石の形が、少しほかのと違うようだが、もしや今でもあの下に何か隠してあるんじゃないかな」

愛之助は事実と小説を混同して、そんな妄想《もうそう》を楽しむ体《てい》の男なのである。

九段の見世物風景は、誰でも知っていることだから細叙《さいじょ》することもないが、現在ではすたれてしまって、どこかの片田舎でわずかに余命を保っているような、古風な見世物を日本中の隅々を探し廻って寄せ集めた、という感じであった。

地獄極楽からくり人形、大江山《おおえやま》酒呑童子《しゅてんどうじ》電気人形、女剣舞《けんぶ》、玉乗り、猿芝居、曲馬、因果物、熊娘、牛娘、角男《つのおとこ》、それらの大テント張りの間々《あいだあいだ》には、おでんや、氷屋、みかん水、薄荷水《はっかすい》、十銭均一のおもちゃ屋に、風船屋などの小屋台が、ウジャウジャとかたまっている。その中を、何の気か、ほこりを吸って、上気して、東京中の人間が、ウロウロ蠢《うごめ》いているのである。

ある因果物の小屋の前、そこには、時々幕を上げてチラリと中を見せるものだから、黒山の人だかりで、その群集の一ばんうしろの列が、反対側の屋台とすれすれにまでふくれているので、そこの道は、人一人、やっと通れるほどの隙間《すきま》しかない。その間を、右から左からと、肩で押し合って、絶え間なく人通りが続くのだから、実に不愉快である。

青木愛之助が、その親しらずみたいな細道を通り抜けようとした時だ。

実に不思議なことに、そのほこりっぽい群集の中に、冬物の黒い中折《なかおれ》(注2)をあみだにかぶって、まっかに上気した顔を汗に光らせて、背広服の品川四郎が、人にもまれているのが見えた。

なぜ不思議だというと、品川四郎は決して愛之助のようないかもの食いではなく、古風な見世物なんかに興味を持たぬ男なのだ。独身者ゆえ、子供に連れられて来たわけでもない。そうかといって商売物の雑誌の種を取りに来たにしては、編集の人を同伴しているようにも見えぬ。どうも、社長様が種取りをするはずはないのだ。

しかも、びっくりしたことには、品川四郎は、見世物の熊娘にひきつけられた体《てい》で、いいいくしまきに唐桟《とうざん》の半纏《はんてん》で、のどに静脈をふくらませて、まっかになって口上をしゃべっている、きたない姐御《あねご》の弁舌に、じっと聞き惚《ほ》れているのだ。不思議なこともあるものだ。

よく見直したが、決して人違いではない。

科学雑誌社長スリを働くこと

青木愛之助は、そういう場合、無邪気に相手の名を呼んだりしない男であった。

彼は品川が、この人ごみの中で、どんなことをするか、ソッと見ていてやろうと思った。猟奇心のさせる罪の深い業《わざ》である。

それからほとんど半日を浪費して、彼は品川のあとを、探偵みたいに尾行した。ずいぶん根気のいる仕事だったが、この猟奇者は、そういう根気は多分に持ち合わせていた。

何も知らぬ品川四郎は、人ごみから人ごみと、縫って歩いた。電気人形の前でも、地獄極楽の前でも、女剣舞の前でも、長い間、田舎者みたいにポカンと立ち尽くしていた。

「こいつ、こっそりいかもの食いに来ていやあがる。恥かしい趣味だものだから、僕にも内証《ないしょ》にしていたんだな。大きなことをいっていて、お前もやっぱり同類じゃないか」

愛之助は、友達の弱味をつかんだ気持で、うれしくなってしまった。

品川は多くの見世物は、口上を聞くだけで素通りしたが一ばん大きなテントの娘曲馬団へは、場代を払ってはいって行った。

彼はそこの蓆《むしろ》の座席で、田舎の兄さんの脛《すね》や、娘さんのお尻にもまれながら、窮屈な思いをして、曲馬と軽業を一《ひ》と巡《めぐ》り見物した。青木愛之助も相手に発見されぬように行動を共にしたことはいうまでもない。

そこを出たのは、もう夕方であった。見世物にはアセチリン・ガスが甘い匂《におい》を立てて、ともされた、昼と夜との境、見世物のイルミネーションと、太陽の残光とが、チロチロ入りまじって、群集の顔が、ボンヤリとうすれて行く。夢のように美しいひとときである。

品川四郎は、いかもの見物にグッタリと疲れた体《てい》で、九段坂を降りて行く。坂の中ほどに、オランダ渡りといった風《ふう》で、お月様の顔を覗《のぞ》かせる遠眼鏡《とおめがね》屋が商売をしていた。安物の天体望遠鏡をすえて、一覗き十銭で客を呼んでいるのだ。見ると、いつの間にか、中天に楕円形《だえんけい》に見えるお月様が姿を現わしていた。

品川は、その人だかりに、足を止めて、しばらく眼鏡屋の口上を聞いていたが、ふと妙なことをはじめた。

眼鏡屋のすぐうしろは石垣になっている。槐多の小説の主人公が遺言状を隠した石垣だ。そこの、人だかりで一際薄暗くなった箇所へ、石垣の方を向いて、品川がヒョイとしゃがんだのである。

「おやおや、しゃがんで小便でもするのかな。ますます品の悪い男だ」

と思って、ソッと見ていると、品川はしゃがんだまま、ウロウロあたりを見廻していたが、ちょうど人だかりの蔭《かげ》で、人通りもなく、見ている人もないので、安心したのか、石垣の一つの石に両手をかけると、ズルズルと、それを抜き出したのである。そのあとには、五、六寸四方に、薄闇の中でもクッキリとわかるほど、まっ黒な穴が出来た。

彼は妙な夢を見ているんじゃないかと疑った。品川四郎といえばれっきとした科学雑誌の社長様である。その彼が、夕闇と群集に隠れて、泥棒みたいにあたりを見廻しながら、九段坂の石垣を抜いている。ありうべからざる光景だ。

「ああ、そうか、そうだったのか」青木は腹の中で妙な独り言をいった。「槐多の小説はほんとうだったのだ。あすこの石のうしろに、何か隠してあるのだ。その隠し場所を品川が発見して、今、中のものを取り出そうとしているのだ」

だが、むろんそれは彼の瞬間的狂気で、そんな馬鹿なことがあろう道理はない。のみならず、品川は何かを取り出すのではなくて、反対に、今抜いた石垣の穴へ、何かしら投げ入れて、手早く石を元の通りに差し込むと、そ知らぬ振りで、又スタスタと坂道を降りて行くのであった。

むらむらと湧き上がる好奇心が、人の悪い尾行慾に打ち勝った。それに相手はもう帰ろうとしているのだ。

青木愛之助は小走りに坂を降りて、品川四郎に追いつくと、彼の背中をポンとたたいて、

「品川君じゃないか」

と声をかけた。

相手はギョッとして振り返った。間近で見ても間違いもなく品川四郎である。だが、

彼はとぼけた顔をして、にわかには返事をしなかった。

「オイ、どうしたんだ。見世物見物かね」

愛之助はもう一度言葉をかけた。

ところが品川の方では、やっぱりキョトンとして、解《げ》せぬ顔をしている。そして、変なことをいい出すのだ。

「あなたは誰です。今品川とかおっしゃったようですが、僕はそんな者じゃありませんよ」

愛之助は、ポカンとしてしまった。

その隙に相手は、

「人違いでしょう。失礼」

と捨てぜりふで、ドンドン向こうへ行ってしまった。

青木は、「やっぱり俺は夢を見ているのか」と思ったほどびっくりした。生まれて始めての不思議な経験だった。

だんじて人違いではない。あれほど長い間尾行したんだから、よく似た別人なら、気がつくはずである。と同時に彼が品川四郎その人でないことも、当人がキッパリいいきったのだから、これほど確かなことはない。変だ。

愛之助はこの奇妙な出来事に、何だか胸が、ドキドキして来た。

「そうだ。あの石垣を調べて見よう。何かわかるかも知れない」

猟奇者は、彼の日頃熱望する猟奇の世界へ、今や一歩を踏みいれたわけである。

急いで元の遠眼鏡屋のうしろへ戻って、人に見られぬように注意しながら、石垣の石をあれこれ動かして見た。一つだけ動くのがある。

両手でその石を抜いて、まっ黒な穴の中へおずおず手を入れて見た。案の定、手にさわるものがあった。

取り出す。一つ二つ三つ……合計六個の、なんと蟇口《がまぐち》がはいっていたではないか。一つ一つあけて見たが、中はいずれもからっぽだった。

愛之助はあわてて、それを元へ戻し、石で蓋《ふた》をした。そして、彼自身泥棒ででもあるように、ビクビクしてあたりを見廻した。

さっきの男が(品川四郎とそっくりの人物が)このようなものを、ここへ隠したからには、彼はスリであったのだ。しかもなかなか玄人《くろうと》のスリだ。空財布の処置にまで、周到な注意をして共同便所へ捨てるようなことはしないで、先ず絶対に発見の恐れなき、石垣の石のうしろへ隠すほどのやつだから、どうして素人《しろうと》の出来心ではない。それに何百円(注3)の収穫か知らぬが、財布が六個だ。

道理で、彼奴《きやつ》、人ごみばかりよって歩くと思った。見世物に気をとられているようなふうをして、その実、隣近所の人の財布を狙《ねら》っていたのだ。

「実に滑稽《こっけい》だぞ。品川のやつ、いやがらせてやらなくてはならぬ。僕が君と間違えて声をかけたやつが、スリだった。顔から形から君と寸分違わぬスリだった。間違って捕縛《ほばく》されぬ用心をしたまえってね」

愛之助は見世物以外の、予期せぬ収穫を興じながら、停留所の方へ歩いた。

「だが待てよ」

彼はふとあることに気づいて、立ち止まった。

「ばかばかしい、マッカレイ(注4)の小説じゃあるまいし、あんなに寸分違わぬ人間が、この世に二人もいるものだろうか。それに、品川四郎が双生児《ふたご》だという話も聞かぬ。こいつはひょっとしたら」

と、そこで彼は、友達の悪事を喜ぶ、人の悪い微笑を漏《も》らした。

「やっぱり、あれは品川四郎だったに違いない。雑誌社の社長だって、スリを働かぬときまったわけではない。品川のやつ聖人ぶっているが、その実あんな病気があるのかもしれぬ。夜半《よなか》に行燈《あんどん》の油をなめたお姫様さえあるんだからな。そう考えると、貧乏人の品川が、今の雑誌を自分のものにしたのもおかしいぞ。とんでもないところから資金が出ているのじゃないかな。やつはスリばかりでなく、ほかにも、もっともっと悪事を働いているかもしれぬて。

「そうだそうだ。その病気を俺《おれ》に見られたと思ったので、やつめ、空《そら》っとぼけて、自分とよく似た別人があるように見せかけたのだ。泥棒をするほどの彼だから、お芝居もうまいに違いない」

愛之助は、そう結論を下した。だが、そのために彼は品川を非難する気にはなれなかった。平凡な常識家と軽蔑していた彼が、今までと違った偉い男に思われさえした。

青木、品川の両人場末の映画を見ること

それから一《ひ》と月ばかり、別段のお話もなく過ぎ去った。

云うまでもなく、青木は品川に九段坂の出来事を話すことはしなかったけれど、あのような結論を下したものの、まだ何となく疑念が残っていたので、名古屋へ帰る前に、一度品川を訪ねてみた。

九段坂事件の三日あとである。

「どうだい近頃は、相変わらず退屈しているのかね」

品川は隔意《かくい》のない明るい調子であった。

どうも変だ。この快活で平凡な男が、蔭であんな悪事を働いているのかと思うと、あまりのお芝居の巧みさに、こわくなるほどであった。

しばらく話したあとで、愛之助はふとこんなことを云ってみた。

「この間の日曜日にね、九段のお祭りを見にいったよ。そして女曲馬団を見物した」

彼は云いながら、じっと相手の表情を注意した。

ところが、驚くべし、品川は顔の筋一つ動かさないで、見事な平気さで、答えたのである。

「そうそう、この間じゅう招魂祭だったね。例のいかもの食いかね。久しいもんだ」

で、結局青木の疑念ははれなかった。うやむやのうちにいとまを告げて、間もなく名古屋へ帰った。

さて、九段坂以来一カ月たった或《あ》る日である。十二月の末だ。青木愛之助は上京して、二日目に、買物があって、ある百貨店へ出かけた。百貨店はクリスマス用品の売り出しで非常ににぎわっていた。

買物を家へ届けるように頼んでおいて、一階へとエレベーターにはいった。普通の箱の三、四倍もある、この百貨店自慢の大エレベーターである。

「こみ合いますから、おあとにお願います」

エレベーター・ボーイが、そういって殺到《さっとう》する乗客を押し出したほどの、身動きもならぬ満員であった。

ふと気がつくと、又もや人ごみの中の品川四郎である。

彼は箱の向こう側に、肥満紳士と最新令嬢の間にはさまって、小さくなっていた。

愛之助は地下鉄でサムを見つけたクラドック刑事のように目を見はった。

彼は人のうしろに顔を隠して相手に悟られぬようにしながら、じっと品川の挙動を注意した。肥満紳士、気の毒にやられているなと思ったりした。

一階につくと、人波に押されて箱を出た。振り向いて、もし品川と顔を見合わせたら、先方がきまりをわるがるだろうと遠慮して、愛之助は何気なく出口の方へ歩いて行った。

すると、うしろから彼の名を呼ぶものがある。

「青木君じゃないか。オイ、青木君」

振り向くと、アアなんという図々しいやつだ。品川四郎がニコニコして、そこに立っていたではないか。

「オオ、品川君か」青木は初めて気がついた体《てい》で「ひどく混雑するね」と、これは皮肉をこめていったものだ。

「いい所で会った。ぜひ君に見てもらいたいものがあるんだ。君の畑のものなんだ。それで実はお訪ねしようと思ったのだけれど、こちらへ来ているかどうかわからなかったものだから」

品川は青木と肩を並べて、出口の方へ歩きながら、突然そんなことをいい出した。

「ホオ、それは一体何だね」

愛之助は相手の人をのんだ態度に、あきれはてていた。

「いや、見ればわかるんだがね」と品川は「実に驚くべき事件なんだ。これが僕の思っている通りだとすると、前代未聞《ぜんだいみもん》の椿事《ちんじ》だ。だが、ひょっとすると、僕の誤解かも知れぬ。そこで君にたしかめてもらおうと思うのだがね。来てくれるかい。少し遠方だが」

青木は最初てれかくしをいっているなと思った。だが、相手の調子がなかなか真剣である。それに内容がはなはだ好奇的で、彼の猟奇心をそそることしきりであった。

「何だか知らないが、遠方といって、どの辺だね」

愛之助は聞き返さないではいられなかった。

「なに、東京は東京だがね。少し場末なんだ。本所《ほんじょ》の宝来館《ほうらいかん》という映画館なんだ」ますます意外な返事である。

「へエ、映画館に何かあるのかね」

「何があるものか、映画さ」品川は笑いながら「映画は映画だが、それが少し変なんだ。日活現代劇部の作品でね、『怪紳士』というつまらない追っかけものなんだが」

「怪紳士、フン、探偵劇だね。それがどうかしたのかね」

「まあ見ればわかるよ。予備知識なしに見てくれる方がいい。その方が正確な判断が出来る。来てくれるだろうね。こういうことの相談相手は君のほかにはないのだから」

「何だか、妙に気を持たせるね。だが、別に用事もないんだから、行くことは行ってもいいよ」その実、猟奇者青木愛之助は、もう行きたくてウズウズしていたのである。

そこで二人は、品川の呼んだタクシーに乗って、本所の宝来館に向かったのだが、車中で左のような会話が取りかわされた。

「君が映画に興味を持っていたとは知らなかった」

青木が不思議そうにそういった。事実品川四郎は小説や芝居などには、縁の遠いような男だったからである。

「いや、ある人に教わって、久しぶりで見たんだ。君はよく実際の出来事はつまらないといっているが、こいつばかりは君も驚くに相違ない。事実は小説よりも奇なりっていう、僕の持論を裏書きするような事件だよ」

「映画の筋がだね」

「まあ、見ればわかるよ。ところで、その絵を見る前に、君の記憶を確かめておきたいのだが、今年の八月二十三日に君は東京にいたはずだね」

品川は次々と妙なことを云い出すのである。

「八月と、八月は二十日まで弁天島《べんてんじま》にいた。弁天島を引き上げると同時に東京へ来た。そしてたしか十日ばかりいたはずだから、二十三日は、むろん東京にいたわけだよ」

愛之助は相手の意味はわからぬけれど、とも角《かく》も答えた。

「しかも、ちょうど二十三日に僕に会っているのだよ。日記帳をくって見て、それがわかった。僕達はあの日帝国ホテルのグリルで飯を食った。君が僕をあすこの演芸場へ引っぱって行ったのだ」

「そうそう。そんなことがあったっけ。セロの演奏を聞いたのだろう」

「そうだ。僕はなお念のため、あれが二十三日だったということを、ホテルに聞き合わせて確かめたから、この点は間違いがない」

青木愛之助の好奇心は、いよいよ高まった。品川は一体全体、何の必要があって、八月二十三日を、かくも重大に考えているのだろう。

「さて、そこで、これを読んでくれたまえ」

品川は、ポケットから、一通の手紙を出して、愛之助に渡した。開いて見ると、左のような文面である。

拝復
お尋ねの場面は、京都四条《きょうとしじょう》通りです。撮影日附は八月二十三日です。これは撮影日記によってお答えするのですから、万々《ばんばん》間違いはありません。
右御返事のみ。
斎藤久良夫《さいとうくらお》
品川四郎様

「斎藤久良夫というのは、たしか日映の監督だね。知っているのかい」愛之助は手紙を品川に返していった。
「そうだよ、『怪紳士』を作った監督だよ。知っているわけじゃない。突然手紙で尋ねてやったのだ。感心にすぐ返事をくれたよ。ところで、この手紙は証拠《しょうこ》第二号だ。つまりこの手紙によって『怪紳士』のある場面が、八月二十三日に京都四条通りで撮影されたことが、確実になったわけだ」

品川はまるで裁判官か探偵のような云い方をした。八月二十三日というものを、あらゆる方面から研究して、動きのとれぬようにしようとかかっている。だが、それは一体全体何のためにだ。

「おや、こいつは面白くなって来たぞ」

愛之助は薄々《うすうす》事情を悟ることが出来た。なるほど、これは品川のいう通り、一大椿事に相違ないと思った。彼の好奇心はハチきれそうにふくれ上がった。

「ところで、八月二十三日に君とホテルへ出かけたのは、おひる少し過ぎだったね。二時頃だと思うのだが」

品川はまだ八月二十三日にこだわっている。

「そう、その時分だった」

「それから夕食を一緒にやったんだから、君と別れたのは日暮れだった」

「ウン、日が暮れていただろう」

「これだけの事実をよく記憶しておいてくれたまえ。この時間の関係が非常に重大なんだ。ああ、それから念のためにいっておくが、京都東京間を一番早く走る汽車は特急だね、それが十時間以上かかるということだ」

事の仔細《しさい》を悟ってしまった青木には、品川のこのくだくだしい説明がうるさかった。それよりも、早く問題の「怪紳士」の写真が見たくてたまらなかった。

「ああ、ここだここだ」

品川が車を止めた。降りると、広くガランとした大通りに、まことに田舎びた、粗末な映画館が建っていた。

二人は一等の切符を買って、二階の畳の上に、ジメジメした座蒲団を敷いてもらって坐った。幸いなことに、ちょうどこれから問題の「怪紳士」が始まるところであった。

写真がうつり始めた。浅草の本場へは、二週間も前に出た、時期おくれの写真である。探偵劇にろくなものはない。主人公のいわゆる怪紳士は、つまりルパンなのだが、燕尾服《えんびふく》を着た学生みたいな男であった。それと刑事とがおきまりの活劇を演じるのだ。

むろん愛之助は、写真の筋なんか見ようとしなかった。筋を見ないで画面を見た。京都四条通りの風景が現われるのを、今か今かとかたずをのんだ。

「さあ、よく見ていてくれたまえ」

隣の品川が愛之助の膝《ひざ》をついて合図をした。

ルパン追撃の場面である。二台の自動車が京都の町を疾駆《しっく》した。ルパンが自動車を飛び降りて刑事をまこうとした。燕尾服のルパンがステッキ片手に、白昼の町を走る。

背後に現われて来たのは、見覚えのある南座《みなみざ》だ。四条通りだ。自動車が走る。小僧さんの自転車が走る。鋪道《ほどう》を常のように市民が通行している。その間を縫って異形《いぎょう》の怪漢が走って行く。

と、突然画面の右の隅へ、うしろ向きの大入道《おおにゅうどう》が現われた。活劇を見物している市民の一人がうっかりカメラの前へ首を出したのであろう。

愛之助はある予感に胸がドキドキした。果たして、その大入道が、振り返ってカメラを見た。スクリーンの四分の一ぐらいの大きさで、一人の男の顔ばかりが、ギョロリとこちらを見た。

ホンの一瞬間であった。邪魔になると注意でもされたのか、その顔は、こちらを見たかと思うと、たちまち画面から消えてしまった。

その刹那《せつな》、愛之助はギョッとして息が止まった。たいていは予期していたのだけれど、彼の隣の見物席に坐っている、品川四郎の顔が、畳一畳ほどの大きさになって、前のスクリーンへ現われた感じは、実《じつ》もって異様なものであった。

偶然「怪紳士」の画面に顔を出した見物人というのは、品川四郎その人であったのだ。

この世に二人の品川四郎が存在すること

その場面は八月二十三日京都四条通りで撮影されたことがわかっている。と同時に、その同じ日に、品川と愛之助とは、東京の帝国ホテルで一緒に昼飯を食った。両方とも間違いはない。すると品川四郎は、同日に東京と京都と両方にいたことになる。だが両都の間には特急十時間の距離がある。京都市街の撮影を見物して、同じ日の昼飯を東京で食うなんて、全然不可能なことだ。

そこで、この日本に、品川四郎とソックリの男が、もう一人別に存在するという結論になる。九段でスリを働いたのも、そのもう一人の方の品川四郎に相違ないのだ。

「君はどう考えるね。僕はあれを見てから、この世がひどく変てこなものに思われて来たのだよ」

映画館を出て、名も知らぬ場末の町を歩きながら、品川四郎が途方に暮れた体《てい》で、愛之助に話しかけた。

「それについて、僕は思い当たることがあるのだが、君はこの秋の九段のお祭りを見に行きやしまいね」

愛之助は念のために確かめて見た。

「いいや、僕はああいうものには、大して興味がないのでね」

案の定、先日の九段の男は品川ではなかったのだ。そこで、愛之助は例のスリの一件を詳しく話して聞かせ、最後にこう附け加えた。

「どうしても君としか見えなかったものだから、実を云うと、僕は君を疑っていたのだよ。内々スリを働いているんじゃないかとね。ハハハハハ、滑稽だね、それで遠慮をしてその後会った時にも、わざとそのことを話さなんだのさ」

「ヘエ、そんなことがあったのかい。するといよいよ、もう一人の僕がいるわけだね」

品川は少々こわくなった様子である。

「双生児《ふたご》かも知れないぜ。君は知らなくても、君には赤ん坊の時分にわかれた双生児があるのじゃないかい」

「いや、そんなことはあり得ないよ。僕の家庭はそんな秘密的なんじゃない。双生児があればとっくにわかっているはずだ。それに双生児だって、あんなソックリのがあるだろうか」

「双生児でないとすると、まったくの他人で、双生児以上によく似た二人の人間が、この世に存在し得るかどうかという問題になるね」

「だが、僕にはそんなことは信じられん。同じ指紋が二つないと同様、同じ人間が二人あるはずがない」

品川四郎はあくまで実際家である。

「だって君、いくら信じられんといっても、動かし難い証拠があるんだから仕方がないよ。スリの一件と今の映画だ。それに僕はそういうことが全然あり得ないとは思わない。夢みたいな話だがね、僕の学生時代にこんな経験があるんだよ」

渇望《かつぼう》していた怪奇に今こそありついた青木愛之助は、もう有頂天であった。

「大学の近くの若竹亭《わかたけてい》ね（寄席《よせ》の）、学生時代僕はあすこへちょいちょい行ったものだが、行くたびに必ず見かける一人の紳士があった。いつもきまった隅っこの方にキチンと坐って聞いている。連れはなくひとりぼっちだ。その紳士の顔なり姿なりが、天皇陛下の写真にソックリなんだ。髪の刈り方から、口髭《くちひげ》のぐあい、いくらか頬《ほほ》のこけたところまで、まったく生き写しなんだ。で、僕はよく思ったことだがね、宮中生活なんて、まるで我々のうかがい知ることの出来ないものだが、案外日本でもスチブンソンの『自殺クラブ』やマーク・トウェンの『乞食王子《こじきおうじ》』みたいなことがないとも限らぬ。あの紳士はひょっとしたら真実、陛下のお忍び姿じゃあるまいかとね。そして、僕は高座よりは、その紳士の動作にばかり目をつけていたものだ。これはむろん僕の妄想で、よく似た別人にきまっているが、そんな天皇に生き写しの人さえいるんだから、世の中にまったく同じ顔の人間がいないとは、断言出来ぬと思うよ」

「そういえば、僕も実は経験がないでもないのだよ」

品川四郎は、少し青ざめた頬を、ピリピリと痙攣《けいれん》させながら、内証話のような低い声でいうのだ。

「もう三年にもなるかな、大阪《おおさか》の道頓堀《どうとんぼり》でね、人にもまれて歩いていると、うしろから肩をたたくやつがあるんだ。そして、やア何々さんじゃありませんか、しばらくでしたね、というんだ。むろん僕の名前じゃないのだよ。で、人違いでしょうといってもなかなか承知しない。そして、ほら何々会社で机を並べていたじゃありませんかなんて、僕に思い出させようとするんだが、僕はその何々会社なんて、名も知らないのだ。結局不得要領《ふとくようりょう》でわかれたが、それがやっぱりこの世のどこかにいる、もう一人の僕のことだったかも知れないね」

「ホオ、そんなことがあったの。もしそうだとすれば、その男はきっと僕が九段で味わったと同じ、変てこな気持がしたに相違ないね」

当人の品川はしょげているのに反して、青木愛之助はひどくうれしそうである。

「君は呑気なことをいっているが、僕にして見れば、ずいぶん不愉快なことだよ。考えて見たまえ、この俺とソックリそのままのやつが、この世のどこかに、もう一人いるんだ。実にいやな気持だよ。もしそいつに出会ったら、いきなりなぐり殺してやりたいくらいだよ。そればかりじゃない、もっと恐ろしいことがある。君の話によると、やつはどうも悪人らしい。スリを働くくらいならいいが、もっとひどい犯罪、たとえば人を殺すというようなことが起こったら、僕はそいつと生き写しなんだから、どんな拍子で、嫌疑をかけられないとも限らん。僕はそいつの犯罪を止めだてすることはもちろん、予知さえ出来ないのだ。したがって僕の方にアリバイの成り立たぬ場合もあるだろう。考えて見ると、非常に恐ろしいことだよ。相手がどこの何者だかわからぬだけに恐ろしいのだよ。

「それから、こういう場合も考えて見なければならない。つまり、僕の方ではその男を知らないけれど、その男の方では僕を知っているという場合だ。僕は雑誌に写真が出るから、先方は僕よりも、ずっと気づきやすい立場だからね。しかも、そいつが悪人なんだ。悪人が自分と寸分違わぬ男を発見した時、どんなことを、どんな恐ろしいことを考えるか。君、これがわかるかね。そいつは、もし僕に妻があれば、その妻をだって、盗むことが出来るんだよ」

二人は車を呼ぶことも忘れて、夢中に喋《しゃべ》りながら、場末の町を行き先も定めず歩き続けた。

品川四郎はそうして次から次へと、不気味な場合を考え出してはしゃべっているうちに、「二人の品川四郎」という不可説なる怪奇が、徐々に、非常に恐ろしいことに思われだしたらしく、彼の目が怪談を聞いている人のように、不思議な光を放って来るのであった。

愛之助不思議なポン引《ピキ》紳士にめぐり合うこと

青木も品川も、この奇妙な事件にすっかり惹《ひ》きつけられてしまった。前にもいった通り、猟奇者青木は、猟奇クラブなんかでは、経験の出来ない生々しい怪奇であったがゆえに。又実際家品川は、それが現実の不可思議であり、しかも直接自身の問題であったがゆえに。

彼等は出来るならば、そのもう一人の品川四郎を探し出したいと思った。だがそれはとても不可能なことだ。新聞に懸賞尋ね人広告でも出して見たらと考えて見たけれど、先方がスリを働くような犯罪者なんだから、広告を見たらかえって警戒するばかりだ。

「君、今度もしそいつに出っくわすようなことがあったら尾行して住所をつきとめてくれたまえね。僕もむろん心掛けるつもりだけれど」

「いいとも、君のためでなくて、僕自身の好奇心だけでもそれはきっとやるよ」

で、結局、彼等両人が盛り場を歩いたりする時、行き違う人に注意をおこたらず、気長にその男を尋ね出すしか方法はないのであった。

まるで雲を摑《つか》むような話である。しかし読者諸君、「世間は広いようで狭い」とはよくいった。それから二カ月ほどたったある日のこと、彼等はついにそのもう一人の品川四郎を見つけだしたばかりか、いとも不思議な場面において両品川が一種異様の対面（ああ、それがいかに奇怪千万な対面であったか）をするようなことになったのである。

だが、それを語る前に、余談にわたるけれど、順序として、青木愛之助のある変てこな経験について、（それが決して興味のないことではないのだから）少々紙面をついやすのをお許し願わねばなりません。

事の起こりは彼等が宝来館で「怪紳士」の映画を見物した翌十二月、青木愛之助が、ふと銀座《ぎんざ》裏のある陰気なカフェに立ち寄ったことから始まる。

もうボツボツ避寒《ひかん》の季節だから、上京でもあるまいと二の足を踏んだけれど、虫が知らすというのか、何となく東京の空が恋しくて、つい上京してしまった。その滞京中の出来事である。

歳末の飾り美々《びび》しい銀座街の夜を一《ひ》と巡《めぐ》り歩いて、

「こんな、つまらない町へ、毎晩散歩に出掛けてくる青年少女諸君もあるんだなぁ」

と今さら不思議に感じながら、しかし、猟奇者青木愛之助は、その裏の方の小暗い隅には何かしら隠されているような気もして、未練らしく横町を暗い方へ暗い方へとさまよって行った。

とある裏町を歩いていると、ふと目についたのは一軒の小さなカフェである。目についたといっても、決してその家が立派であったり、にぎやかであったり、そのほかの目立つ特徴があったためではない。表通りの名あるカフェにひきかえて、あまりにも寂しく、陰気で、影が薄かったからである。

ひどくしょんぼりしている有様を、可哀そうに思ったので、愛之助は何ということもなく、ツカツカとその家へはいって行った。十坪ほどの土間に、離れ離れに三、四脚のテーブルが置かれ、常緑樹《ときわぎ》の大きな鉢植えが、その間々に、八幡《やわた》の藪不知《やぶしらず》の竹藪の感じで並んでいる。キザな流行の赤や紫にしているわけではないが、電燈は蠟燭《ろうそく》のように、というよりもむしろ行燈《あんどん》のように薄暗く、シーンと静まり返って、一人の客もなければカウンターに給仕の姿も見えぬ、墓場みたいなカフェである。そのくせ、暖房の装置はあるのかホンノリと暖か味が通って不愉快なほど寒くはない。

青木は、大声に給仕を呼ぶのも野暮だと思ったので、先《ま》ず椅子につくために、片隅の鉢植えの葉蔭へはいって行った。そしてドッカリ腰をおろした時、彼は意外にも、その同じテーブルに一人の先客がいることを発見した。薄暗い中にも薄暗い、部屋の隅っこだったのと、その客が非常に静かにしていたので、つい気づかなんだのである。

「失礼」といって席をかえようとすると、その客は「いやどうかそのまま、僕もちょうど相手がほしくっていたところですから」手でとめるのだ。見ると、中年の洋服紳士で、どことなく人なつっこい男である。それになかなかこった仕立ての、安くない服を着ている。青木はブルジョアの癖として、そんなもので相手の身分を想像し、安心して彼のお相手をする気になった。

やがて、いないと思った給仕が、どこからか影のように現われて、注文の品々を運んで来た。決してまずい料理ではない。酒も上等のものがそろっている。そこへもって来て、ひとなつっこい話し相手。愛之助はすっかり上機嫌になってしまった。

「居心地のわるくない家ですね」

「でしょう、僕はここが非常に気に入っているんですよ」

というようなことから、二人の間にだんだん話がはずんで行った。愛之助は酒に強くないので、チビチビ嘗《な》めた二杯のウイスキーで、もう酔ってしまって、ボンヤリと、いい気持になっていた。そこで、彼は例によって「退屈」について語り始めたものである。

相手の紳士は、同感と見えて、なるほどなるほどと肯《うなず》きながら聞いていたが、しばらくすると、非常に婉曲《えんきょく》ないい廻しで、愛之助の身を尋ねるのだ。青木は酔っていたものだから、知らず知らず相手の調子に乗せられて、彼の身分を語っていたが、さすがにふと気づいて、変な顔をして尋ねた。

「おやおや僕は自分のことばかりしゃべっていましたね。ところで今度はあなたの番だ。ハハハハハ、ご商売は」

すると相手の紳士は、ちょっととりすまして見せて、意外なことをいうのである。

「私はね、これで一種のサンドイッチマンですよ。これからあなたにビラをくばろうというわけなんです」

何とまあ立派なサンドイッチマンであろう。

「いや決して冗談ではありません」と紳士は続けるのだ。

「私は実は、あなたのような猟奇……者ですかね、つまり好奇心に富んだお方を、こうしてカフェなどを歩き廻って探すのが役目でしてね。それだけでちゃんと月給を頂いているのですよ。体《てい》のいいサンドイッチマン、も一つ言葉をかえて云えば」と内しょ声になり、「つまるところ(注5)牛太郎《ぎゅうたろう》なんです」

青木は紳士のいうことがあまり変なので、面喰らった形で、マジマジと相手の顔をながめていた。

「ある秘密な家がありましてね」と紳士が説明する。「そこへは上流社会の方々、富豪とか大官とか……さえも、（殿方も御婦人もですよ）ひそかにお出入りなさるのです。といえばたいていおわかりでしょう。こういうことは、普通なれば金壺眼《かなつぼまなこ》のお婆さんか、辻待《つじまち》の人力車夫《じんりきしゃふ》が、紹介の労を取るのですが、ほら、相手方が職業者ではない、身分のあるご夫人です。したがってポン引の風采《ふうさい》がかくの次第。ハハハハハ。その秘密な家はただ場所を提供して謝礼を頂くに過ぎませんが、絶対安全を保証する代りには、謝礼金もお安くありません。そこでお客様をえらぶのにこんな手数がかかるというわけです。おわかりになりましたか。失礼ですがあなたなれば、充分資格がおありです。御風采と云い、御身分と云い、それから珍しい猟奇者でいらっしゃるのだから」

聞くにしたがって、愛之助は酒の酔いが醒《さ》めてしまった。この世の裏側の恐ろしさではない、世にも不思議なポン引紳士に廻《めぐ》り合った嬉しさにだ。そこで彼は真面目になって一《ひ》と膝《ひざ》のり出して細々《こまごま》とした談判にとりかかるのであった。

平屋建の家に二階座敷のあること

相手方がどんな人物か、あらかじめ知ることは出来ない。双方名前も、年も、身分も知らず、偶然その晩落ち合った者が一組を作るのだ。そして、一日一組以上の会合は絶対に避けることになっている。部屋代は一夜五十(注6)円で、それを相手方と折半《せっぱん》で負担する。この折半というところに値打がある。相手方も大枚のお金を支出するのだ。二度目からは同じ相手を選ぶとも、新しい籤《くじ》をひいて見るとも、そこは各自の自由である。というのが、ポン引紳士のいわゆる「秘密の家」の略規《りゃくき》であった。

その家には、もう一人、ポン引貴婦人がいて、その婦人が同性のお客さまを勧誘しているというのだ。

「では一つ御案内願いましょう」

愛之助は酔いにまぎらせて、勇敢に出た。

「承知しました。ところで、固いようですが部屋代は前金でお願いします。これは決してあなたをお疑い申すわけではなく、刑事などがうまくばけて探りを入れるのを避けるためです。部屋代前金といえば、刑事さんのポケットマネーじゃ、ちと骨でしょうからね」

「なるほどなるほど、念には念を入れるわけですね」

愛之助はそこで所定の金額を支払った。

さて、カフェから自動車で二十分も走ると、もう目的の場所についた。案外にもそれは、麴町区《こうじまちく》の、とあるひっそりとした住宅街だ。二丁も手前で車を降りて、人通りのない寂しい町を歩いた。

「ここですよ」

紳士が指さすのを見ると、小さな門構えの中流住宅で、貸家の上がりで生活しているといった構えだ。門から玄関まで一間あるかなし、家は古風な平家建てである。

ポン引紳士は、その門の前に立ってキョロキョロと左右を見廻し、人通りがないと見定めると、

「さア早く」と愛之助を押すようにして玄関にはいった。

「いらっしゃいまし」

敷台に三つ指ついて出迎えたのは、主婦であろう、四十がらみの品のよい丸髷《まるまげ》婦人だ。変なことに、その婦人が重箱《じゅうばこ》みたいな白木の箱を持っていて、青木が敷台に上がると、手早く彼の下駄をその箱に入れ、それを片手にかかえて先に立つ。

それから、二た間《ふま》ばかり通り過ぎると、茶の間らしい部屋に出た。主婦はだまって

そこの押入れの襖《ふすま》を開く。ハテナ押入れの中に、秘密の部屋でもあるのかしらと思って見ると、そうではない、やっぱり普通の押入れで、行李《こうり》などがいれてある。主婦は襖を開いておいて、それが合図なのであろう、一種異様な咳《せき》ばらいをした。すると、これはどうだ、押入れの天井にポッカリと穴があいて、そこからまっ赤な電燈の光がさして来た。天井板と見せかけて、その実上《あ》げ蓋《ぶた》になっているのだ。

「だが、この家は平家建てだ。二階があるはずはないが」

と思っていると、天井からスルスルと縄梯子《なわばしご》が下り、それを伝って、一人の小女《こおんな》が降りて来たが、召使であろう。彼に一礼してその場を立ち去った。

「お危のうございますが、どうかこれを」

と主婦がいうままに、青木はその縄梯子をのぼった。

上がって見ると、そこに奇妙な部屋がある。床は畳だけれど、天井も四方も一様の新しい板壁で、桝《ます》をふせたように窓も床の間も押入れもない。そのくせ部屋のまん中には新しい蒲団《ふとん》が敷いてある。大きな丸胴の桐《きり》の火入れには、桜炭が赤々と燃え、銀《ぎん》瓶《びん》がたぎっている。天井からは小型ではあるが贅沢な装飾電燈が下がっている。その電燈の色が血のようにまっかなのは、何か理由があるのであろうか。

わかった、わかった。平家建ての屋根裏に、こんな密室を新しく作ったのだ。実に名案である。外から見たのでは普通の平家建てだから、下の部屋部屋に異状がなければ、とがめる者もあるまい。まさか屋根裏に窓のない部屋があろうなどと誰が想像するものか。しかも二階への通路は前述の通り用心深く出来ているのだ。

「これならば、まったく安全ですね」

青木がお世辞をいうと、彼に従って上って来た主婦は愛想よく微笑しながら、ささやき声で、

「でも、万一のことがあるといけませんから、ここに秘密戸がつけてあるのでございますの」

といって、一方の板壁のどこかを押すと、ギイと音がして、そこがくぐり戸みたいに向こうへ開くのだ。

「この中に低温電鈴《でんれい》が仕掛けてございますの。もしものことがありました時は、下からそれを鳴らしますから、ジーという音が聞こえましたらば、お召物や何かを持って、この中へ隠れて頂きます。いいえ、そんなことがあるはずはございませんけれど、万々一《まんまんいち》の用心ですわ」

青木は不必要と思われるほどの用心深さに、ホトホト感心してしまった。

「では少々お待ち下さいませ、じきにお見えなさいますでしょう。それから、この縄

梯子は上から引いて、上げ蓋を元通りになすっておいて下さいませ。お見えになりましたら下からさっきのような咳ばらいを致しますから」

主婦はお茶をいれると、そういい残して下へ降りて行った。青木はいわれるままに上げ蓋を元通りに直しておいて派手な蒲団の枕もとの座蒲団に坐った。

青木は女についてのいかもの食いでは、相当経験を持っている。港町の異国婦人、煙草屋の二階の素人《しろうと》娘、生花《いけばな》師匠の素人弟子、紹介者は、すべて誠しやかな甘言をもって世の好事家を誘いこむのであるが、上べはどんなにとりすましていても、多くはあばずれの職業婦人にすぎないのだ。

「今夜も又その伝《でん》かな」と思う一方では、密室のからくりのあまりの周到さに、ついポン引紳士の言葉を信じる気にもなる。少くとも彼には今夜のような物々しいのは初めてだ。ポン引紳士の堂々たる風采と云い、この家の上品な構えと云い、念にも念を入れた密室の仕掛けと云い、どことなく従来経験したものとは違っている。

かの紳士は「富豪や大官や……」がお客様だといった。それは又富豪夫人、大官令嬢……等々を意味するものでなくてはならぬ。と考えて来ると、愛之助は年にも似げなく、初心《うぶ》な身震いを禁じ得ないのであった。

待つほどもなく、例の異様な咳ばらいが聞こえて来た。「来たな」と思うと、一陣の臆病風がサッと彼の心を寒くした。だが、ここまで来ては躊躇《ちゅうちょ》しているわけにもいかぬ。愛之助は、オズオズと上げ蓋に近づいて、ソッとそれを開き、目をつぶるようにして縄梯子を投げおろした。

下でも躊躇の気配がする。それを主婦がうしろから小声で勇気づけている様子だ。しばらくすると、縄梯子がピンと伸びた。のぼって来る。女の身で、縄梯子を。だが、あとで聞いたところによると贅沢に慣れた上流階級の人達には、男にも女にも、恋の冒険を象徴するかのごときこの野蛮《やばん》な縄梯子がひどく御意《ぎょい》に召しているとのことであった。

先ず見えたのは、美しく櫛目《くしめ》の通った丸髷だ。それから艶々《つやつや》しい紅色《べにいろ》の顔(というのは電燈が赤いからで)、成熟した中年婦人の胸、等、等、等、等……。

愛之助暗闇の密室にて奇妙な発見をなすこと

その人がどんな人柄であったか、どんな身分であったか、初対面の彼等が何を語りあったか、赤色電燈の光が、かの鏡の壁にもまして、いかに効果的であったか、等々については、この物語の本筋に関係もなく、はばかり多き事柄なので、すべて略し、ただ当夜青木愛之助はいつものように失望しなかったとのみ申し添えておく。

だが、偶然にもその深夜に起こった、低音電鈴事件については、お話の順序として、是非記しておかねばならぬ。

彼らが興奮の疲れに、ウトウトと夢路をたどりかけた時、突如、板壁の裏に仕かけた例の低音電鈴が、水の底からのように、ジジジジと不気味に鳴り渡った。危険信号だ。

愛之助はギョッとして、いきなりピョコンと飛び起きた。警官の襲来を受けた犯罪者の驚愕《きょうがく》である。

「大変です。着物を持って……何も残さないように……隠れるんです」

彼は邪慳《じゃけん》に相手をゆり起こした。

恋愛遊戯にかけては大胆にもせよ、物馴れぬ良家の女子は、こんな場合ひどく不様《ぶざま》である。肌もあらわな長襦袢《ながじゅばん》姿で這いまわっている。狼狽《ろうばい》の極脱いだ着物のありかがわからぬのだ。ふだんそんな姿をながめたなら彼はあまりの滑稽にふき出しもしたであろうし、又一方では、アペタイトをそそられもしたであろうが、今はそんな余裕もない。彼は手早く相手の衣服をつかみ上げると、彼自身のと一緒にかかえて、相手の手を取り、引きずるようにして、例の隠し戸を開き、その奥の暗闇に逃げ込んだ。

中は天井もなく、蜘蛛《くも》の巣だらけの太い梁《はり》が斜めに低くはっている。とても立っては歩けない。それに床も、鋸目《のこぎりめ》の立った貫板《ぬきいた》が打ちつけてあるばかりで、その上に鼠《ねずみ》の糞《ふん》とほこりがうず高くたまっている。ひどいところだと思ったが、危険にはかえられぬので、隠し戸を元の通りしめると、なるべく奥の方へはって行って、身を縮めた。真の闇である。両人とも囁《ささや》きかわす元気もない。おたがいの烈しい動悸《どうき》が聞きとれるほどだ。

今にも鬼がやって来るかと、そうして待っている気持は実に恐ろしい。一分、二分、闇と無言のうちに時がせまる。今来るか今来るかとビクビクものの耳元へ、かすかに咳ばらいの声、ソラのぼって行くから用心しろとの合図に相違ない。両人とも、一層固く身を縮めた。女の震えているのがハッキリわかる。それから二、三度同じ咳ばらいの声が、隠れん坊の両人を縮み上がらせたが、妙な事にいっこう人の来る気配もない。ああ、縄梯子が上に引いてあるからだな。だが、それがなくともほかにいくらものぼる手段はある。と考えている時、例の上げ蓋の辺でガタリと音がした。下から棒で突いているのだ。上げ蓋が開いたらしい。それからあの音は、下から縄梯子を引きおろしたのかも知れない。案の定、やがて、ミシリミシリ縄梯子をのぼる音だ。

　愛之助は苦痛に耐えなかった。心臓が破烈しそうだ。彼はおいつめられた野獣のように、闇の中でキョトキョトと視線を動かした。と、墨のような暗中《あんちゅう》に、真紅の紐《ひも》とも見える細い一《ひ》と筋《すじ》の光線を発見した。おや、と思って見なおすと、板壁に小さな節穴《ふしあな》があって、そこから例の赤電燈の光が漏れていることがわかった。

　愛之助は本能的にその方へはいよって、節穴に目を当てた。今のぼって来るやつの様子を見るためである。一方上げ蓋の方ではミシリミシリという音が止まった。梯子をのぼりきったのであろう。そいつはもう板壁ひと重の向こう側にいるのだ。だが、節穴が小さいのでその辺までは視線が届かぬ。向こう側の板壁が丸く限られて見えるばかりだ。

　人の近づく気配、板壁にうつる不気味な影、着物の肩先、最後に女の半身の大写し、この家《や》の主婦の顔だ。

「お客様、お出になってもよろしいんでございますよ。ほんとうに何とも申しわけがございません。ついそれかと心配したのですけれど、何でもない人でございました。どうか御安心下さい」

「何のことだ。ばかばかしい。それではさっきの咳ばらいは単に縄梯子をおろせとの合図に過ぎなかったのか」

　さて、この興ざめな出来事に、両人とも何となく面《おも》はゆい気持になって、もう床にはいる気にもなれず、夜のあけるのを待ちかねて、袂《たもと》を別った。

と云う一場の失敗談に過ぎないのだが、因果の関係というものは、どんなところにつながっているか、考えて見ると不思議である。このばかばかしい間違いが、実は両品川対面のいとぐちとなったのだ。もし青木愛之助がかのポン引紳士に出合い、この秘密の家に来て、偶然低音電鈴事件が起こらなんだなら、あんなに早く、もう一人の品川四郎を発見することは、到底出来なかったに相違ない。なぜといって、電鈴事件が起こったから、彼は隠し戸の奥の暗室へはいったのだ。そして、暗室へはいったればこそ、かの小さな節穴を発見し、それに不思議を感じるようにもなったからである。だが、彼がその奇妙な思いつきを発見したのは右の出来事の三日後であった。実に、滑稽だった。しかし、考えてみると近来にない収穫だぞ。あの暗闇の中に、恐怖のために冷汗をかいて震えた経験だけでも、二十五円（注7）の値打はある。あの家の用意周到な構造はどうだ。まるで探偵小説みたいだ、などと楽しい反芻《はんすう》をやっているうちに、ふとそれに気づいたのである。そして彼はその不思議な思いつきに有頂天になってしまった。

「素敵素敵、こいつはとても面白くなって来たぞ」

で、早速外出の支度をすると、車を、例の秘密の家へと走らせた。念のためにポン引紳士をまねて、二丁ほど手前で車を降り、門をはいるにも、人通りのない折を待った。

主婦は彼を見ると驚いていった。

「おや、もうお約束が出来まして」というのは、先夜の婦人と今日ここで落ち合う約束が出来たのかとの意味である。

「いや、そうじゃないんです。今日はあなたにちょっと御相談がありましてね」

愛之助はそういって、ニヤニヤ笑った。

で、奥座敷に通される、襖を締め切ってさし向かいだ。

「奥さん、あなたは、こんなことをお金儲《かねもう》けのためにやっていらっしゃるのでしょうね」と、愛之助は世間話から本題へはいって行った。「でしょうね。そうだとすると、ここの現在の部屋代が数倍になる妙案があるのですよ。どうです、僕の妙案をお聞きになりますか」

「おや、それは耳よりでございますわね。でも、絶対秘密を売物にして、普通よりもお高い部屋代を頂いているのですから、そんなに慾ばって、ちょっとでも秘密が漏れるようなことがありましては」

と主婦は警戒する。

「いや、秘密に関係はないのです。実はね、あの隠し戸の中の暗闇でお金儲けをしようという考えなんです。誤解しちゃいけませんよ。僕はこの妙案をさずけたからって、一銭だって割前は貰《もら》おうなんていわないのだから」

「ヘエ、暗闇でお金儲けですって」

「わかりませんか。あの密室に二人、暗闇の中に一人、一時に三人のお客様です。というのは、あすこの板壁に目につかぬほどの節穴があるからですよ。ね、おわかりでしょう」

「まあそんなことが」と、主婦はあきれ顔だ。

「いや、驚くことはありません。外国にはこれを商売にしている家がいくらもある」

と、そこで愛之助は、その外国の例について細々と説明した。

「でも、見られる方の人が気づくと大変ですわ」

「大丈夫、あの節穴はごく小さいのです。少し不便だけれど、大きくしては危険だからあのままでよろしい。まあやってごらんなさい。最初のお客様には僕がなります。いや笑いごとじゃありませんよ。でも、僕が先《ま》ずやって見て工合《ぐあい》がわるいようだったら、僕ぎりでよしてしまえばいいでしょう。冗談でない証拠に暗室代をお払いします。これで一と晩。悪くはないでしょう」

彼はそういって、数枚の紙幣《しへい》を主婦の膝の前に投げ出したのである。

愛之助両品川の対面を企てること

結局主婦は青木のために口説《くど》き落とされてしまった。

つまり彼は節穴のそとの暗闇のお客様であって、そこから、赤い部屋の内部の、彼とは別の二人のお客様の、不思議な動作を見るわけである。

青木愛之助がそこで、どのような驚くべき光景を眺めたか、どのような不健康な悦《えつ》楽《らく》にふけったか、それはしばらく陰のお話として、さて屋根裏部屋で第一夜を経験してから約一カ月の後（その間に一度名古屋へ帰っている）、彼がフラフラと品川四郎を訪ねたところから、お話が始まる。

読者も知る限り、映画とかそのほか様々の意外な事実によって、通俗科学雑誌社長品川四郎は、彼と寸分違わぬ顔形の男が、この世のどこかに、もう一人存在することを信じないわけにはいかなかった。

そのことは、品川と青木と二人だけの秘密にしてあったけれど、雑誌社の編集者達は、この頃、社長の品川四郎の様子が、何かしら常ならぬことを感づいていた。

「雑誌をよす気じゃあるまいか。親爺《おやじ》この頃ひどく熱がないね」

「氏《し》はまるで雑誌のことなんか考えていないよ。何かしら氏の心を奪っているものがある。女かも知れない」

社員達はボソボソと、そんなことを話しあったほどである。

編集には神田《かんだ》区の東亜ビルの、三階の数室を借りていたが、品川社長は、今日もお午頃《ひるごろ》になってやっと出勤した。例のごとくムッツリと黙り込んで、社長室へはいると、そこの廻転椅子に腰をかけて、何かしきりと考えごとを始めた。

そこへ久かた振りの青木愛之助が訪ねて来たのである。

青木は青ざめた、ひどく真面目な顔で、席につくと、うしろの編集室との境のドアを気にしながら、

「あっちへ聞こえやしないか」

とヒソヒソ尋ねる。

品川の方でも青木がはいって来たのを見ると、何かしらギョッとした様子で、唇を白くした。

「大丈夫。ガラス戸だし、外の電車や自動車の音がひどいから……で、一体何だね」

と声を低くした。

「この十五日の夜、君はどこで寝たか記憶しているだろうね」

青木は妙なことを聞くのだ。

「十五日といえば、先週の土曜だね。どこで寝たって、どこで寝るはずがないじゃないか、東京にいれば家で寝るにきまっている」

「たしかだね。変な場所へ泊まりやしまいね」

「たしかとも、だが、どうしてそんなことを聞くのだい」

「じゃね、昨夜君はどこにいた。十一時から十二時頃までの間さ」

「十一時には、自分の居間の蒲団の上にいたよ。それから今朝までずっと」

「まさか君が嘘《うそ》をいっているのじゃあるまいね」と青木はまだ疑わしそうに「それじゃ聞くがね、君は麹町の三浦《みうら》っていう家を知らないかね。そこの屋根裏の赤い部屋を」

「知らん。だが、君はそこであいつに会ったとでもいうのかい」

品川四郎は思いきってそれをいった。いってしまって、まっ青になった。「あいつ」とはいうまでもなく、もう一人の品川四郎のことである。

「会ったのだよ。しかも非常に変な会い方なのだ」

「話してくれたまえ。そいつは一体どこの何という奴だ。そこで何をしていたのだ」

品川は非常な剣幕《けんまく》で、青木の腕をつかまんばかりにして尋ねる。

青木はそこで、はやる品川を制しておいて、先夜ポン引紳士に廻りあってから、節穴を発見したまでの、不思議な経験を手短に説明して、

「主婦《おかみ》を説きふせると、その晩から、僕は赤い部屋の外側の暗闇の密室のお客様になった。そして、今日までに都合五組。それがどちらも商売人でない紳士と淑女の初対面なのだから、何ともいえぬすごい感じなのだ。彼等が最初の間どんなに気まずくはにかみあうか。そして、最後には、どんなに無恥《むち》に大胆になるか。その人間の気持の推移を見るのは、どんなえぐった小説を読むよりも、もっと恐ろしいものだよ。僕はその意味だけでも、数十金の価《あたい》は充分あると思うのだ」

「それで、あいつがその赤い部屋へ現われたのは？」

品川は悠長にそんな話を聞いている余裕がない。

「ゆうべなのさ、僕の隙見《すきみ》の第五夜だ。丸くぼかした視野の中に、君の、その顔が、ヒョッコリ現われた時には、僕はもう少しで叫び声を立てるところだった」

「そしてあいつが、やっぱりほかの連中と同じことをやったのだね」

品川はチョビ髭の生えた大人の顔を、うぶな子供のようにまっ赤にして、どもりどもり云った。

何ということだ。彼と寸分違わぬ男が、閨房《けいぼう》の遊戯を、彼の親しい友達に、すっかり

見られてしまったのだ。彼と寸分違わぬ男がだ。品川が赤くなったのも無理ではない。

「そうだよ。しかもそれが並々の遊戯ではないのだ」

青木は意地わるく相手の顔をジロジロ眺めながら、

「君に君自身の醜態《しゅうたい》を隙見する勇気があるかね。もしあれば、今夜それが出来るのだが」

青木はじつは、それが云いたくて、わざわざここへ出向いて来たのだ。意地わるではない。猟奇者青木は、二人の品川四郎のこのいとも奇怪なる対面を想像しただけでも、ウズウズと生唾《なまつば》がわくほど、食欲をそそられたからである。

「今夜、そいつが、その家へ来るのか」

品川は当事者である。青木のように呑気ではいられない。彼は唇をなめなめ、しゃがれた声でいった。

「そうだよ。僕はそいつの帰るのを待ちかねて、おかみに尋ねた。そいつの所も名もむろんわからないような営業方針になっているからだ。で、いつ頃から来始めたのかと聞くと、今月の十五日が最初で、昨夜が二度目、今夜も又来る約束になっているという話なのだ。君は僕と一緒にそこへ行って見る勇気はないか。僕は今夜こそ、あいつを尾行して、住所も名前も確かめてやろうと思っているのだが」

品川はなかなか返事をしなかった。だが、長い躊躇のあとで、とうとう決心をして叫んだ。

「行こう。俺もそいつの正体を確かめないではいられない」

両人奇怪なる曲馬を隙見すること

その夜十一時頃、青木と品川とは、すでに三浦の家の赤い部屋のそとの暗闇にひそんでいた。おかみは二人連れでは危険だからといってなかなか承知しなかったが、青木が札びらをきって、やっと納得させた、品川は色眼鏡とつけ髯《ひげ》で変装していた。全く同じ顔の客が二人来たのでは、おかみの疑いを招くからである。

青木はたった一つの小さな節穴に目をあてて、今か今かと登場人物を待ち構えていた。品川は青木に代わってそこをのぞく勇気はなく、ごみだらけの板敷の隅っこにうずくまって、何か黒い塊《かたまり》みたいに、身動きもしないでいた。

青木の目の前には、まっ赤な幻燈のように、部屋の一部がまん丸に区切られて見えた。向こうがわの板壁、そこに貼ったこまかい模様の壁紙を背景にして、丸胴の桐の火鉢と妖婦《ようふ》の唇のように厚ぼったくふくれ上がった緋色《ひいろ》の緞子《どんす》の蒲団の小口とが視野にはいった。火鉢にかけた銀瓶がたぎって、白い湯気が壁紙の模様をぼかしていた。

「君どんな奇態なものを見ても、声を立てて相手に悟られるようなことをしてはいけないよ。それだけは注意してくれたまえね」

青木は万一を気づかって、くり返し念を押した。品川は聞こえるか聞こえぬほどの声で、ウンウンと肯いていた。

しばらくすると、例の縄梯子をあがる音がミシリミシリ聞こえて来た。

男か女か。青木は呼吸《いき》を止めたいほどの気持で、身動きもせず待ち構えた。心臓の鼓動が非常にやかましく耳につく。品川もそれを察して、墨のような闇の中で、一層身をかたくした。

視野に現われたのは見覚えのある婦人だ。三十あまりの大柄なよく発達した肉体だ。黒っぽい金紗《きんしゃ》の衣類がネットリとまといついている。艶々と豊かな洋髪の下に、長い目、低い鼻、テラテラと光った厚い唇、といって決して醜婦《しゅうふ》ではない、どこかしら異常な魅力のある顔だ。酔っているらしく、相好《そうごう》がだらしなくくずれている。

彼女はそこへベッタリすわると、この寒いのに、火鉢に手をかざそうともせず「オ熱い」と独言《ひとりごと》をいって、指環《ゆびわ》の光る両手で、ベタベタと頬をたたいている。

青木は疲れて来ると、穴から目を離して腰を伸ばすのだが、何の変化もないと知りながら、じき又元の姿勢にかえらないではいられぬ。待ち遠い時が、十分、二十分とたって行った。

だが、とうとう、階下《した》から合図の咳ばらいが聞こえた。婦人はハッとして視野から影を消すと、上げ蓋を開いて、縄梯子をおろす音、やがて、ミシミシと何者かがそれを上って来る気配。

青木は左手を闇に伸ばして、うずくまっている品川の肩をソッとたたいた。今来るぞという合図である。品川はビクリと身体を固くした。

青木の視野に、まず婦人が戻って来た。

「大変待たせましたね」

ああ、それは品川四郎その人の声ではないか。

「それほどでもなくってよ」

婦人の唇が動いて、トーキーみたいにしゃべる。

外套《がいとう》がポイと投げ出され、その襟《えり》のところだけが視野にはいる。それから、黒い洋服の腕が、青木の前で、スーッと弧《こ》を描いたかと思うと、やがて男の全身が、彼も又酔っているのかフラフラとそこへくずれた。向こうを向いているけれど、間違いもなく昨夜の男、すなわちもう一人の品川四郎である。

青木もさすがに胸がドキドキして来た。今こそ両品川の異様な対面が行われるのだ。

彼はソッと目を離して、闇の中に品川の腕を探り、それをつかむと軽く引いた。だが、品川はブルブル震えて立とうともしない。青木は摑んだ指先で「何をグズグズしているのだ」と叱って、グッグッと引っぱる。引っぱられるままに、品川の顔が節穴に近づく。まっかな光線が彼の汗ばんだ額を斜めにサッと切る。そしてついに、彼の目は吸い寄せられるように、小さな穴に、ピタリと喰っついてしまった。

青木は闇の中に目をすえて、次第にはずむ品川の呼吸を若《も》しや先方に悟られはせぬかと、ヒヤヒヤしながら聞いていた。

板壁の向こうでは、低いささやき声と、時々身動きをするらしい物音が聞こえる。しばらくすると、はずんでいた品川の呼吸がピタリと止まった。ああ、とうとう彼は向こうがわの品川の顔を見たのだ。両品川が正面をきって向きあったのだ。

品川の右手が、青木の肩先をグッとつかんだ。「見た」という知らせである。死んだように止まっていた呼吸が元に復すると、前にもましたはげしい息づかいで、彼の全身が波打った。

ああ、かくも不思議な対面が、又と世にあろうか。品川四郎は今、まっかな幻燈のまん丸な視野の中で、一間《いっけん》とはへだてず、自分自身の姿を凝視《ぎょうし》していたのだ。しかも、彼はまるで続飯《(注8)そくい》づけになったように、いつまでたっても節穴から離れようとはしない。肩先をつかんだ彼の指の表情によって、彼の息づかいによって、青木は板壁の向こうがわの光景を、目で見る以上に想像することが出来た。想像であるがゆえに、それは実際よりも一層刺戟的であった。彼はそうした間接的な隙見の魅力というものを初めて発見したのである。

長い長い間であった。しんしんとふけわたる冬の夜、暗闇の屋根裏で、しかし彼らは寒さをも感じなかった。この異常な興奮が、ほとんど彼らを無感覚にしてしまったのだ。

品川はついに目を離して、青木の肩を引き寄せた。かわって見よとの合図である。彼はもう、この上彼自身の奇怪な動作を見るにたえなかったのであろう。

青木がかわって、まっかな丸い幻燈絵が再び彼の前にあった。だが、それが何とまあ意外な光景であっただろう。貴婦人は曲馬団の女のつけるような、ギラギラと鱗《うろこ》みたいに光る衣裳をつけ、俯伏《うつぶし》の品川四郎の背中へ馬乗りになっていた。馬はもちろんまっぱだかだ。乗手の貴婦人も衣裳とは名ばかりで、全身の曲線がまる出しだ。

そして、何と驚いたことには、馬の品川四郎は貴婦人の騎手を乗せて、首をたれて、グルグルと部屋中をはい廻っているのだ。

馬の口からはまっかな腰紐が手綱《たづな》である。乗手はグングンとその手綱を引いて、ハイシイハイシイと腰で調子を取って行く。見事な調馬師だ。

そのうち哀れな痩馬《やせうま》は、とうとう力つきて、ペシャンコに畳の上にへたばってしまった。馬からおりて、立ち上がった女騎手は、さも心地よく声をあげて笑ったが、次には倒れた痩馬の上での、残酷な舞踏である。グダグダに踏まれてけられて馬はもう虫の息だ。さい前からずっと下向きになっているので、馬の表情を見ることが出来なかったけれど、力なくもがく手足の様子で、この見知らぬ品川四郎の心持を察しることが出来た。

ハッと思うと、女曲馬師は、男の肩とお尻に両手をついて見事な大の字なりの逆立ちをやっていた。そして、それがグラグラとくずれたかと見る間に、彼女はポイと身をひるがえして、俯伏の男の頭の上へ、大きなお尻をのせて、ゼンマイ仕掛けの、奇態な運動をはじめた。

かようにしてまっ赤な光線にいろどられ、桃色に見える二つの影絵は、あらゆる姿態を尽くして、夢のようなデュエットを、果てしもなく続けて行くのであった。

自動車内の曲者《くせもの》煙のごとく消えうせること

着物を着て、すっかり、身じまいを終わった婦人が、甘える調子で尋ねた。

「今度はいつ？」

「来週の水曜日。差支《さしつかえ》はない？」

節穴の視野の外で、男も外套を着ながら答えた。

「じゃ、きっとね。時間は今夜ぐらい」

婦人はそういって、もう縄梯子に足をかけたらしく、例の特殊の音が聞こえて来た。男女は降りてしまって、しばらくすると、主婦の咳ばらいがかすかに聞こえた。もう帰ったから降りて来ても大丈夫という知らせである。

青木、品川の両人は階下に降りると、主婦への挨拶もそこそこに、大急ぎで表へ出た。いうまでもなく、もう一人の品川四郎を尾行するためだ。

半町ほど向こうの町角で、二人は今別れて、男は右へ女は左へと歩み去るところであった。気づかれぬよう尾行して行くと、男は近くの電車通りへ出た。だがもう二時を過ぎているので電車のあろうはずはない。時たま徹夜稼ぎの円タクが広い通りを我が物顔にピュウピュウと走って行くばかりだ。男はその一つをつかまえて乗り込んだ。

まさか尾行を感づいたわけではあるまいが、この早業《はやわざ》に、青木も品川もハッとして、隠れていた場所から電車道へ走り出した。と、うまいぐあいに、そこへ一台の空《から》自動車だ。

二人は早速それに乗り込むと、

「前の車だ、あれを見失わぬように、どこまでも尾行してくれたまえ」

と命じた。

「大丈夫ですよ。この夜ふけに、まぎれる車がないから、めったに見失うことはありやしませんや」

運転手は心得顔にスタートした。

砥《と》のごとき深夜の大道を、二筋の白い光が雁行《がんこう》して飛んだ。追《おっ》かけである。

青木と品川は、車中に及び腰になって、傍目《わきめ》もふらず前方を見つめていた。数間の向こうを怪物の車が走る。その後部のガラス窓にそれらしい中折帽子が揺れている。

「アッ、しまった。やつ気づいたらしいよ」

品川が叫んだ。先の車の中折帽子がヒョイとうしろを振り向いたのだ。白い顔がボンヤリと見えた。と思うと、突然自動車の速力が加わった。またたく間に五間十間両車の距離が遠ざかって行く。

「追かけるんだ。速力は大丈夫か」

「大丈夫でさあ。あんなボロ車。こっちは新型の六気筒《きとう》ですからね」

走る。走る。天地が爆音ばかりになってしまった。

だが十分ほども全速力で走ると、とてもかなわぬと思ったのか。先の自動車がバッタリ停車した。

「ここはどこだ」

「赤坂山王下《あかさかさんのうした》です。止めますか」

「止めてくれたまえ。止めてくれたまえ」

見ていると、男は車を降りて、賃銀を払うと、その横丁へはいって行く。青木、品川は、いうまでもなく自動車を捨てて男のあとを追った。

だが非常に意外なことには、相手が横丁へはいったので、尾行するつもりで、ヒョイとその角を曲がると、曲がったところに当《とう》の男がこちらを向いて立ち止まっていた。

二人はギョッとしてたじろぐ。それを見て男の方から声をかけた。

「あなた方、僕に何かご用がおありなんですか。さい前からあとをつけていらっしゃったようですが」

とんでもない変てこなことが起こった。よく見ると、まるで人違いなのだ。相手の顔には品川四郎の面影さえない。だが、三浦の家を出てから一度も見失ったことはないのに、いつの間に人が変わってしまったのか、狐《きつね》につままれた感じである。仕方がないので詫言《わびごと》をして、念のためにあすこにいるあの自動車からお降りなすったのでしょうね、と確かめると、そうだとの答えだ。

「変だね。まるで魔法使いみたいだね」

「変装するといっても、あんなに顔が変わるものじゃないし、服装はどうだね。赤い部屋で着ていた服はあれだったかい」

「それがハッキリしないんだ。赤い光の下で、しかも小さな節穴から見たんだからね。似ているようにも思うけれど、オーバーコートの色合なんて、同じのがいくらだってあるからね」

二人は男に別れて、そんなことを話しながら、元の電車道の方へ歩いた。疑問の男をのせて来た自動車は、もう出発して、半丁も走っている。

「ア、しまった」突然品川四郎が叫んだ。「オーイ、その自動車待て」

品川がかけ出すので、青木も理由はわからぬけれど、とにかく彼にならって、車を呼びながら走った。外の自動車で追っかけようにも、さい前彼等が乗って来たのは、とっくに出発して、問題の車のずっと前方を走っていた。

結局、思いあきらめるほかはなかった。

「どうしてあの車を追っかけるんだ」

小さく遠ざかって行く尾燈《びとう》を目で追いながら、青木が尋ねた。

「運転手の顔を見ようと思ってさ」品川が答える。「あんなに一度も目を離さなかった男が、別人と変わっているなんてあり得ないことだ。ひょっとしたら、あの僕と同じ顔の男が、座席を入れかわって、今の車の運転手になりすまして逃げて行ったのではないかと思ったのだよ。……だが、まさかそんな映画みたいな真似もすまいね。別に僕たちを怖れて逃げ出さなければならない理由はないのだからね」

で、結局この追跡は不得要領に終わった。彼らが自動車を見違えたのか又はかの男が故意に欺瞞《ぎまん》を行って彼らをまいてしまったのか、いずれとも断定しかねた。つまり狐につままれた感じである。その夜の出来事全体がとんでもない幻を見ていたのではないかとさえ思われて来るのだ。

品川四郎闇の公園にてあいびきすること

青木愛之助はそれから一週間ばかり東京にいたが、もう一人の品川四郎の正体については、あやふやのまま帰郷しなければならなかった。

赤い部屋で男が「来週の水曜日」と女に約束したのを覚えていて、その水曜日を待って、わざわざ三浦の家へ出向いて見たが、どうしたのか男も女も影さえ見せなかった。主婦は「今夜というお約束なのに」と不審がっていた。

「やっぱり、あいつはあの自動車に乗っていたらしいね、運転手を身がわりに立てたという君の想像が当たっているかも知れない。やつ、まさか自分と同じ顔の男が追っかけたとは知るまいが、どうせ悪いことを働いているやつだ。こいつは危いと思って、例の家へ来るのを見合わせたのだよ」

青木がいうと、苦労性の品川は非常に心配そうな顔になって、

「それだけならいいんだが……もしややつは僕たちを感づいてしまったのじゃあるまいか、あの時追っかけたのがやっと見わけられないほどよく似た男だということを知ってしまったのじゃあるまいか。そうだとすると、これはとんだ藪蛇《やぶへび》だよ。相手は悪者だ。僕を身がわりに立てて、どんなたくらみをするか知れやしない。僕はそれを

考えると何ともいえぬ変な気持がする。こわいのだよ」

と、二人の間にそんな会話が取りかわされたことだが、この品川の心配が決して取越し苦労ではなかったことが、後に至って思い合わされたのである。

それはともかく、それから二カ月ばかり別段のお話もなく過ぎ去った。その間、青木は一週間くらいずつ二度上京しているが、もう一人の品川四郎はどこにもその影を見せなかった。あんな奇怪な人物がこの世に存在したことが、すっかり夢ではなかったかと思われたほどだ。だが品川はそれを逆に考えて、今頃どこかの隅で、あの男が品川という絶好な身がわりを種に、非常に大がかりな悪事を計画中なのではないかと、そればかりを苦にしていた。

で、三月のある日、それは青木愛之助の住む名古屋での出来事だが、すっかり忘れていた怪人物が、又々彼の前に姿を現わしたのである。

友達とカフェで夜をふかして、別れての帰り道であった。青木の家は鶴舞《つるまい》公園の裏手の郊外といった感じの場所にあったが、季節にしては暖かい晩だったし、酔ってもいたので、車にも乗らずわざと廻り道をして、彼は木立の多い公園の中をブラブラと歩いて行った。

噴水のそばを通って、坂道を奥の方へ昇って行くと、森林といってよいほど、大木の繁った箇所がある。そのまん中が袋小路になって、ポッカリと五、六坪の空地《あきち》があり、そこに坂道を登った人達の休憩所にと、二つ三つベンチが置いてある。四方を林で取り囲まれた公園中での秘密境なので若い市民達の逢引《あいび》き場所にはもってこいだ。猟奇者青木はかつてそこで、逢引きの隙見という罪深い楽しみを味わった経験を持っている。

それは今もいった袋小路のつき当たりにあるのだから、帰宅するのに、何もそこを通ることはないのだが、いたずらな運命の神様が彼を誘ったのか、青木はふとその空地の方へ行って見る気になった。

もう十二時近くの夜ふけで、公園にはいってからほとんど人を見なかったほどだから、そこも多分ガランとしたからっぽの暗闇だろうと思ったが、闇の魅力、ひょっとして何かすばらしい発見があるかも知れないという好奇心が、彼をそこへ連れて行った。

ところが、坂を登りつくして木立の間から、ひょっと見ると、これはどうだ、獲物がある。その方の係りの刑事は公園の中の、一定の場所へ行って、茂みの蔭に寝ころんで待っていれば、どんな晩でも一組や二組の逢引きを検挙するのは訳もないとの話だが、なるほどなるほど、経験者の言葉は恐ろしいものだと思いながら、青木は立ち止まって、ちょうどその刑事がするように、大きな木の幹を小楯《こだて》に、暗中の人影に目をこらし、耳をすませた。

ポーッと白く二つの顔が見える。だが、服装も顔の形もまったくわからない。ただ声だけが手に取るようだ。彼等は人がいないと安心して普通の声で話している。

「ではしばらくお別れです。今夜東京へ帰れば当分来られませんから」

男の声がいう。

「宿でおっしゃったこと、お忘れなくね」女の声が甘える。

「あの家へお手紙を下さるわね。せめてお手紙でもたびたび下さらなきゃ、あたし我慢が出来ませんわ」

「ええ、精々《せいぜい》どっさりね。あなたも忘れちゃいけませんよ。じゃ、これでお別れにしましょう。もう汽車の時間だから」

ポーッと白いものが、双方から近寄って、ピッタリと密着した。長い間密着していて、やっと離れた。

「あたし、家へ帰るのが何だかこわくって……」

「あの人にすまんというのでしょう。又始まった。大丈夫ですよ。決して感づきやしませんよ。先生僕が名古屋へ来ているなんて、まるで知らないのですからね。それに今夜は帰りがおそいはずじゃありませんか。サ、早く御帰りなさい。あの人より先に帰っていないと悪いですよ」

不良青年ではない。言葉の様子では相当の紳士である。相手の女も、決してこんな場所で逢引きするような柄ではない。女が「宿」といった。そこで会ってから、男が女を送って来たのか、女が男を送って来たのか（地理の関係からいって、多分前の方だが）「宿」でわかれ去るには忍びなかったものであろう。

「あの人にすまん」というのは、女に定まった亭主でもあるのか。「あの家へ手紙を下さい」といったのを見ると、自宅へ手紙が来ては悪い事情があるのだろう。どう考えても姦通《かんつう》だ。それに、男は東京からわざわざ会いに来ている。

「いやはや、お安くないことだわい」

まだ何事も気づかぬ青木は、この思いがけぬ収穫に、ひどくうれしがっていたのだが……。

やがて男女が別れて、男が先に彼の方へ降りて来る様子に、ハッとして、思わず十数歩あと戻りした青木が、ちょうど常夜燈の下で、ひょいと振り向く出会いがしらに、近づいた男の顔が電燈に照らされて、ハッキリわかった。それが、何という意外なことだ。東京にいるとばかり思っていた、かの品川四郎の顔ではないか。

「ああ、品川君」

思わず口をついて出た。

「え？」

相手も立ち止まった。妙な顔をしてジロジロ青木の顔を眺めている。気まずいのだなと思って、何も知らぬ体《てい》にして、

「どうしたんだ。今時分こんなところで」

と話しかけても、相手はやっぱりこわばった顔をくずさないで、変なことをいうのだ。

「君は誰です。人違いじゃありませんか」

「僕？　僕は君の友達の青木だよ。しっかりしたまえ」

「一体あなたは僕を誰だと思っていらっしゃるのですか」

「知れたこと、品川四郎だと思っているよ」

と云いさして、青木はふと黙ってしまった。久しく忘れていた、恐ろしい事実を思い出したからである。

「品川四郎？　聞いたこともありませんね。僕はそんなものじゃないですよ。……急ぎますから」

袖を払うようにして立ち去る相手の後姿を見守って、青木は呆然と立ちつくしていた。

きゃつだ。二た月《ふつき》前自動車の中から魔法使いのように消えうせてしまった、あのもう一人の品川四郎だ。何という意外な場所で再会したものであろう。

青木はほとんど無意識にその男の跡を追った。坂を降りきって、噴水のあたりまでも。

だが、考えて見るとこの男は東京へ帰るのだ。停車場へ行くにきまっている。さすがの猟奇者もこのままの姿で東京まで尾行する勇気はなかった。それに懐中もとぼしいのだ。時計を出して見ると、彼の乗るに相違ない東京行急行の発車までには、やっとかけつける時間をあますばかりだ。とても一度帰宅して旅装をととのえる余裕はない。

青木はあきらめて、無駄な尾行をよしてトボトボと家路に向かった。

公園に出て、広い新道路を五、六丁も行くと、彼の邸宅がある。考え考えその道のなかほどまで歩いた時、彼はふとある恐ろしい考えに襲われて、ギョッと立ち止まってしまった。

あまりに意外な出合いだったためか、その時まで彼はかの男の声のことを忘れていたが、そういえば、姿を見なくとも、あれは赤い部屋でおなじみの、もう一人の品川四郎の声に相違なかったではないか。ほんとうの品川と非常によく似ているようで、どこか違ったところのある、あの声に相違なかったではないか。どうして、そこへ気がつかなかったのであろう。と考えて来ると、それに関連して、ふと相手の女の方の声を思い出した。

「いや、あれも聞き覚えのない声ではなかったぞ」

途端、稲妻のように、ある戦慄すべき考えが、ギラッと彼の頭の中にひらめいた。

「ばかな、そんなことがあってたまるものか。お前はどうかしているのだ。まるでアラビア夜話みたいに荒唐《こうとう》無稽《むけい》な妄想じゃないか」

と思い直して見ても、さっきの女の、甘えた声の調子が耳について離れない。まさかとは思うものの、まさかと思った品川四郎が、公園の暗闇から現われさえしたではないか。彼のまったく知らぬ蔭の世界で、どんな意外な出来事が起こっているか、わかったものではないのだ。

青木は突然走るように歩き始めた。遙かに見えている彼の邸の洋館の二階へ目をすえて、息をはずませ、暗闇の小石につまずきながら、恐ろしい勢いで歩き始めた。

夕刊の写真に二人ならんだ品川四郎のこと

青木愛之助は此頃《このごろ》悪夢に悩み続けていた。友達の科学雑誌社長の品川四郎が離魂《りこん》病《びょう》みたいに二重にぼやけて、あっちにもこっちにも存在する。しかも顔から姿から声までも一分一厘違わない二人のやつが同じ部屋で対面さえしたのだ。彼は品川四郎と一緒になって、そのもう一人の品川四郎を追い駈け廻すけれど、相手は、どこか化物じみたふうで巧みに身をかわし、姿をくらましてしまう。青木も品川も数カ月というもの、このいまいましいやつの探索にかかり果てている始末だ。

だが、これまでは別に害をするわけではなく、ひどく不気味は不気味ながら、直接恐怖を感じるほどのことはなかったのだが、最近に至って、ギョッとするような途方もないことが起こった。というのは、ある晩青木愛之助が、名古屋の鶴舞公園で、そのもう一人の品川が、どこかの奥さんとひそひそ話をしているところにぶつかった。しかも、相手の奥さんというのが、顔かたちはハッキリ見えなかったけれど、声の調子が、どうやら聞き覚えがあった。「若《も》しや」と思うと、青木はもうまっ青になって、その実否《じっぴ》を確かめるために、我家へ走り出さずにいられなかった。

だが、彼の美しい細君は、別に変わった様子もなく、にこやかに彼を迎えた。玄関をはいって、外套などをかけてある小さなホールで、ドキドキして立ち止まっていると、一方のドアがあいて、サッと明るい電燈が漏れて、そこから芳江の小さい恰好《かっこう》のいい頭がのぞいた。

「あら、どうかなすって」

むしろ彼女の方で、彼の変に青ざめた様子を疑ったほどである。

青木は黙って部屋にはいるとソファにうずまった。

彼は月々の東京行きに、三度に一度くらいの割合で細君を同伴しているので、細君と品川とは冗談をいいあうほどの間柄になっている。品川の方で名古屋の彼の住居《すまい》を訪ねたことも二、三度はある。だからもう一人の品川四郎がそれを利用して、つまり旧知の品川四郎として、芳江に近づき彼女をある深みにおとしいれたというのは、想像されないことではない。

細君のことだから、彼にしてはもう不感状態になっているけれど、一般的に、彼女は充分美人であった。あのえたいの知れぬ幽霊男が、彼と寸分違わぬ品川四郎の存在を気づき、それを利用して何か悪事をたくらむとすれば、さしずめ青木の細君などは、最も魅力ある獲物に相違なかった。

芳江の側から考えても、それはまったくあり得ない事柄ではなかった。青木は彼の猟奇癖のために、飽き性のために、ほとんど細君の存在を無視して暮らして来た。月の内十日ほども東京へ行ったり、名古屋にいる時でも、多くは外で夜ふかしをして、細君とむつみ語る機会は非常にまれであった。芳江が愛にうえていたのはまことに当然のことである。それに彼女は決して、昔の女大学ふうな固くるしい女性ではなかった。つまり彼女の方にも充分隙があった。悪魔はちょっと手を下しさえすればよかったのだ。

愛之助はソファに埋《うず》まったまま、なるべく芳江の方を見ぬようにして、もう一度そんなことを考えてみた。だが、彼女は、どうしてこうも平気でいられるのかしら。

「あなた、なぜそんなに黙り込んでいらっしゃるの。怒っているの」

彼女はしごく無邪気である。

「そうじゃないんだが、女中達もう寝てしまった？」

「ええ、つい今しがた」

「君、今夜どっかへ出掛けたの」

「いいえ、どっこも」

自然である。

彼女はそう答えて、テーブルの上にふせてあった、赤い表紙の小説本に目をやった。自然である。愛之助は自分の妻君が、こんなお芝居の出来る女だとは信じ得なかった。

「俺はどうかしているんだ。とんでもない妄想にとらわれているのだ。さっきの男だって、ほんとうに品川四郎の顔だったかどうか」

思い出そうとすると、だんだん曖昧《あいまい》になって来る。

「今公園で、品川四郎君に会った」

彼はそういって、芳江の態度に注意した。

「品川四郎さん？　東京の？」

彼女はほんとうに驚いている。

「どうして、うちへいらっしゃらなかったのでしょう」

むろん彼女はまだ奇怪なる第二世の品川四郎については何事も知らないのだ。しばらく話しあうと、愛之助はすっかり安心してしまった。こんな無邪気な女に何が出来るものかと、軽蔑《けいべつ》してやりたいくらいだった。

一週間ばかり事もなく過ぎ去った。その間に芳江に対する疑惑をあらたにするような出来事は何も起こらなかった。注意していたけれど、例の男からの手紙も来た様子はなかった。

で、ある日、少々圧迫を感じるほども春めいてお天気のよい日であったが、愛之助は芳江と同行で東京行きの特急に乗った。午後の汽車は、ほこりっぽく、むしむしと暑くて、おまけに退屈だった。きまりきった百姓家と畑と森と立看板とが、うんざりするほどいつまでも続いた。細君には別に話もなかった。

沼津で東京の夕刊を買った。二面の大きな写真版。東京駅に着いたS博士と出迎えの何々氏。S博士というのは日本人にも有名なドイツの科学者、旅行の途中上海《シャンハイ》から大阪をへて今朝東京へ着いたのだ。今晩講演会があると書いてある。愛之助は白髪《しらが》の博士などに別段興味はなかったが、出迎えの何々氏何々氏のいちばん隅っこに、通俗科学雑誌社長品川四郎のモーニング姿が見えたので、これはと思ったのだ。品川は講演会の通訳をするらしい。

「どうも活動家だな」

とニヤニヤしながら、なおもその写真版を見ていると、妙なものを発見した。

「品川のやつ、慾ばって二つも顔を出している」

と考えてギョッとした。一枚の写真に同一人が二つに写るわけはない。又しても、例の幽霊男だ。写真には博士と出迎えの人々のほかに、うしろから無関係な群衆の顔が覗《のぞ》いているのだが、その顔どもの中に、ハッキリともう一人品川四郎が笑っている。

はたして幽霊男の方では、品川四郎というものに気づいて、そのあとをつけ廻しているのだ。何かの悪事をたくらんでいるのだ。

「芳江、ちょっとこれをごらん」

愛之助は、まだ幾分細君を疑っていたので、この写真で彼女をためして見ようと、ふと意地わるく思いついたのである。

「まあ、品川さんね。S博士の通訳をなさるのね」

「それはいいんだが、うしろの方からのぞいている、この顔をごらん」

といって、指で幽霊男を示した。

「そうね、そういえば品川さんそっくりね。まあ、よく似てるわ」

おやおや、何とほがらかなことだ。

「実はね、品川四郎と一分一厘違わない男が（しかもそれが悪者なんだ）どこかにいるのだよ、僕はそいつにたびたび会ったことがある」

と、この機会に、読者の知っている大略を話して聞かせた。

（赤い部屋の隙見の件は都合上省略したけれど）

外は暮れ始めた鼠色だった。大入道みたいな樹立《こだち》が、モクモクと窓の外を走って行った。天井の電燈が外の薄闇とゴッチャになって、妙に赤茶けて見え、車内の人顔に異様な隈《くま》が出ている。その中で、彼はせいぜい凄味《すごみ》たっぷりに時々じっと相手の目を見つめたりして、それを話したのだ。

「まあ気味がわるい。何かたくらんでいるのでしょうか」

彼女は幾分青ざめて見えた。だが、誰にしたってこわがる話だ。少々青ざめたからといって彼女を疑う理由にはならぬ。

彼女がもし、知らずしてこの第二の品川四郎と不義を重ねているのだったら、非常な狼狽を隠すことは出来ないはずだ。狐忠信《きつねただのぶ》の正体を知った静御前《しずかごぜん》のように、ギョッとしなければならぬはずだ。が、そんな様子も見えぬ。

「やっぱり俺の思い違いだったか。やれやれ」

と、そこで愛之助はいっそう安堵《あんど》を深くしたわけであるが、この安堵がほんとうの安堵に終わったかどうか。

青木品川の両人実物幻燈におびえること

東京に着くと、愛之助は駅からS博士講演会場へ電話をかけ、品川に事の次第を告げ、彼の用事の終わる時間を確かめておいて、その夜ふけ品川宅を訪ねた。

「僕はちっとも気がつかなんだ。しかし、君の電話で驚いて、あの新聞の知り合いの記者に電話で頼んで、やっと今、その写真の複写を取り寄せたところだ。写真版じゃほんとうのことはわからないからね」

愛之助がはいって行くと、品川は八畳の客間に待ち構えていて云った。紫檀《したん》の机の上に幻燈器械のような妙な形の道具と、そのそばに一枚のピカピカ光る台紙なしの写真が置いてあった。見ると、例の夕刊の写真と同じものだ。

「この器械は？」

「エピディアスコープといって、不透明なものが大きくうつる幻燈器械だ。これで、この写真のもう一人のやつを拡大して見ようと思ってね」

それは彼の商売がら、雑誌社で取次販売をしている実物幻燈器械であった。

そんなことをして確かめるまでもないのだけれど、両人とも幻燈というようなものに、一種の魅力を感じている男であったし、拡大された相手の顔の皺《しわ》の一本一本に、穿鑿《せんさくてき》的な興味がないでもなかった。

電燈を消すと、鳥の子の無地の襖の上に、写真の両品川の顔の部分だけが、ギョッとするほど大きくうつされた。

ほんとうの品川は真面目顔、もう一つの方はニヤリと笑って無修正の、ボタボタと斑紋《はんもん》をなした陰影が、暗闇の二人に向かって、ニューッと迫って来る感じだった。

「僕一つ笑って見るから、あの写真の顔とくらべてくれたまえ」

品川はそういって、器械の後部の光線の漏れているところへ、自分の顔を持って行って、寄席の怪談のお化けみたいに、ニヤッと歯を出して見せた。

「そっくりだよ。まるで、そうしている君の顔が、そのまま向こうの襖へうつっているようだ」

愛之助はいっている間に、ゾーッと頸《くび》のうしろが寒くなった。

「君、もう止そうよ。何だかいやな気持になって来た」

愛之助は幻燈というものに、常々一種異様な恐怖を持っていた。そこへ、影と実物と合わせて三つの、寸分違わぬ品川四郎だ。彼が子供のようにおびえたのも無理ではない。

電燈をつけて見ると、当人の品川も青ざめていた。

「あいつ、俺の影みたいに、いつもつきまとっていやあがるんだね。エ、そうとしか考えられないじゃないか」

「初めは遠くから、少しずつ少しずつ、じりじりと近寄って来る感じだね」

「オイオイ、おどかしちゃいやだぜ」品川は思わずビクッとしていった。「まだ別に、害をこうむったわけじゃないけど、もう捨ててはおけないね。非常に危険な気がする。何かたくらんでいる。わからないだけに、そして、相手がどこの何者だかさっぱりえたいが知れぬだけに、余計恐ろしいのだ。僕は僕の雑誌にこのことを広告して見ようかと思うのだが」

「広告って？」

「この写真をのせてだね。こんなふうに私と全く同じ人間がいる。私はこの第二の自分の存在について非常な危険を感じている。どうか名乗って出て欲しい。又この人物を知っている人は知らせてもらいたい。という文句を大きく書くのだ。そうしておけばいくらか予防になると思うのだ」

「君の雑誌には打ってつけの読物になるね。だが、君の心配する危険はすでに始まっているかも知れないぜ。というのは……」

と、愛之助は思いきって、先夜の鶴舞公園の一伍《いちぶ》一什《しじゅう》を物語った。

「で、君は奥さんを、今でも疑っているのか」

それを聞くと、品川ははにかみとも恐怖ともつかぬ変な表情で尋ねた。

「いや、もうほとんど疑っていない。多分別の女だったのだろう。だが、場所がちょうど僕の近所だからね。何か意味ありそうにも思われるのだ」

品川はふとおし黙って、何か考えていたが、「もしかしたら」とひとりごとを云いながら、突然立って部屋を出て行ったかと思うと、一通の封書を手にして帰って来た。

「ちょっとこれを読んでごらん」

愛之助は妙なことをいうと思いながら、何気なく封書を受取って、中の書簡箋《しょかんせん》をひろげて見た。

道ならぬこととは知りながら、それ故にこそ身も世もあらずうれしくて、あの夜のこと、君のおん身振《みぶり》、君のおん言《こと》の葉《は》、細々としたる末までも、一つ一つ、繰返し心に浮かべては、そのたびごとに今さらのように顔あからめ、胸おどらせております。お笑い下さいまし。わたくしあのような愛を、あの夜というあの夜まで、かつて夢見たことすらなかったのでございますもの。小娘のように、本当に本当に、わたくし夢中でございますのよ。でも、又いつお目もじ出来ますことやら、西と東にところを隔てました上、あなた様は御多用の身、それに道ならぬ恋の悲しさは、わたくしからお側に参ることもかなわず、つろうございます。本当に恋というもののつらさもどかしさが、今初めて、しみじみとわかりましたように思われます。……。

愛之助は非常な速さでそれを読んだ。ついに読むに耐えなくなって、末尾の三、四行を飛ばして、名宛《なあて》を見た。

御存じより

　四郎さまみ前に

とある。明らかに夫ある女から、品川四郎への恋文だ。

「僕はまるで心当たりがないのだよ。しかし、封筒の宛名は確かに僕だ。僕がどこかの細君と不義をしているのだ。あまり思いがけないことなので、誰かの人の悪いいたずらと思っていたが、君の今の話を聞いて見ると、この手紙にはもっと恐ろしい意味があるのかも知れない。つまり、その鶴舞公園で話していた女から、偽《にせ》の品川四郎あての手紙が、本物の僕のところへ舞い込んだのかも知れない。なぜといって、見たまえ、差出人の所も名も書いてないけれど、消印が確かに名古屋だ。……おや、君どうかしたのかい」

愛之助は唇の色を失って、顎《あご》の辺に鳥肌《とりはだ》を立てていた。だが何もいわない。

「この手紙だね」

「……」

「オイ、どうしたというのだ。ああ、君は、筆蹟《ひっせき》を見ているのかい」

「似ている。僕は悲しいことに、この恋という字の風変わりなくずし方を覚えていたのだよ」

「君の細君のかい。……だが君、女の筆蹟なんて、たいてい似たようなものじゃないか。……女学校のお手本通りなんだからね」

「そうだ。今度に限ってあいつが東京へ一緒に行くと云い出したわけがわかった。あいつはこちらで、君と……いや、もう一人の男と、存分会うつもりなんだ、その下心だったのだ」

そして、それ以上には、お互いにいうべき言葉を見出しかねた。夜ふけの八畳の座敷で、二人はぽつねんと向かい合っていた。

「僕はもう帰る」

愛之助が非常に無愛想にいって立ち上がった。

「そうか」

品川も白々《しらじら》しい気安め文句は口にしなかった。

玄関をおりて下駄をはくと、愛之助はひょいと振り向いた。上がりがまちの障子《しょうじ》にもたれて品川が見送っている。

「ちょっと君に聞いておくが」愛之助が無表情な顔で、途方もないことを口にした。

「君はほんとうに品川四郎なんだろうね」

相手はギョッとして思わずうしろを振り返った。そして、妙にうつろな笑い方をした。

「ハハハハハ、何をいってるんだ。冗談はよしたまえ」

「ああ、そうだった。君は品川君だね。もう一人の男じゃなかったのだね」

愛之助は、そういったまま、ふいと格子戸《こうしど》を出て行った。

まるで悪夢につかれた人間のように、彼の足は蹌踉《そうろう》として定まらないのである。

持病の退屈がけし飛んでしまうこと

別宅へ帰って見ると、よく掃除の行き届いた小ぢんまりとした家の中に、芳江は婆《ばあ》やを相手に、つつましく留守番をしていた。

狭い家だから、夫婦の寝室は襖一重だった。二階の八畳の客間の方に愛之助の、六畳の次の間の方に芳江の床がのべてあった。

愛之助が床にはいって、仰向《あおむ》けになって煙草を吸っていると、その枕元の桑《くわ》の角火《かくひ》鉢《ばち》によりかかるようにして、芳江は何かと話しかけるのであった。

それはおもに滞京中の遊楽予定についてで、久し振りの歌舞伎《かぶき》が楽しみだとか、(注9)福助が早く見たいとか、何日の音楽会は誰さんのピアノが一番聴きものだとか、女の癖に東京風の牛鍋が早く食べたいとか、とか、とか、とか、はなはだほがらかでかつ饒舌《じょうぜつ》であった。

彼女の好みで旅行にさえ持って出る、部屋着の派手な黄八丈の羽織を着て、ウェーブがくずれて、恰好のよい頭の形のままに、少しネットリとなった洋髪の下から、なめらかな頸筋が覗いていた。

例の事件があってから、愛之助の妻に対する関心が、というよりは愛着が、日一日こまやかになって行くのは事実だった。だが、そのためではなく、こうして目の前において見ると、こんな無邪気な女に不義などが出来るとは考えられなかった。

「あのね、ちょっとペンと紙を持って来てごらん」

愛之助はふとそんなことを思いついた。

「なになさるの。お手紙？」

「まあいいから持って来て」

芳江が万年筆と書簡箋を持って来ると、

「そこへね、君、恋という字を書いてごらん」

ああ、何というあどけない女だ。芳江はそれを聞くと、ためされているなどとは夢にも思わず、恥かしそうに、眼の縁を赤らめて、夫婦の間の、あの特殊の、みだらな笑いを笑ったのである。

「ホホホホホ、おかしいわ。あなたどうかなさったの」

「まあ、ともかく書いてごらん」

「ホホホホホ、先生の前でお習字をするようね」

きわめて素直に、彼女はペンを取って「恋しき」と書いた。そして、筆をとめて、愛之助を見上げて、例の笑いを笑っていった。

「次に何と書きましょうか」

愛之助には、彼女がこんなに素直なのは、彼の愛にうえているからだ。彼女は今久し振りの夫婦の遊戯を楽しんでいるのだということが、わかるように思えた。だが答えはやっぱり意地わるく、

「四郎さまおん許《もと》へ」

といい放った。

「まあ」

芳江はびっくりして、真面目な顔になった。そして、一刹那、目をうつろにして、「四郎さま」の意味をとらえようとして、頭の中を探し廻っている様子だった。

「無実にきまっている。いくらなんでも、こんな巧みなお芝居が出来るはずはない」

愛之助はすっかり安心した。恋という字のくずし方は確かに似ているけれど意味もない暗号にすぎないのだ。品川がいった通り、偶然同じ手本を習ったのだ。

「四郎さんって、一体誰のことをおっしゃるの？」

芳江は少し青ざめて、つめ寄るふうで尋ねた。

「いいんだよ。もうすっかりよくなったのだよ。四郎さんかい。四郎さんなんて、どこにだってころがっているよ。小学校の読本にだって」

愛之助はすっかりいい気になって云った。

それからしばらくして、変なことだけれど、愛之助は電車に乗っていた。

電車は満員だった。身動きも出来ないで、吊革《つりかわ》にぶら下がっていた。人間の頭が、紳士や商人や奥さんやお神《かみ》さんや令嬢や、重なり合って、ゴチャゴチャと目の前に押し寄せている。が、ふと見ると、その頭の間から、チラッと品川四郎の顔が覗いた。

「品川君、君、品川君だね」

愛之助は大きな声でどなった。

すると、相手は返事をするかわりに、ひょいと頭を引っ込めて、人ごみに隠れてしまった。

「ヤ、あいつだ。幽霊男だ。皆さんちょっとどいて下さい。あいつをつかまえなくちゃならないのですから」

だが、とても身動きが出来なかった。

「つかまえてくれ。そいつを、つかまえてくれ」

愛之助が不作法にわめいたので、車内の顔という顔が、ハッとこちらを向いた。ゴチャゴチャと重なりあって、愛之助を見つめた。しかも、ゾッとしたことには、その顔のどれもこれも、一つ残らず、皆品川四郎の顔になっていた。

「ワッ」と叫んで、逃げ出そうとすると、何か邪魔になるものが、やわらかくて重いものが、ドッシリ胸の上に乗っていた。はねのけてもゴムみたいに弾力があって、又戻って来る。ふと気がつくと、それは暖かい芳江の腕であることがわかった。

「どうなすったの、苦しそうだったわ」

「いやな夢を見た。……君が、胸の上にこの手をのせていたからだよ」

で、つまり、彼女は次の間の自分の床の中には寝ていなかったわけである。

だが、それから一時間ほどたって、ある瞬間、愛之助は相手をつきはなして、部屋の隅へ飛びのいた。

芳江は、非常に唐突にガラリと変わった夫の態度がのみこめなくて、ボンヤリとうずくまっていた。彼女は青ざめた夫の顔に、物凄い敵意を認めた。血走った目が怒りに燃えているのを見た。

彼女は一種のこらえ難い侮辱《ぶじょく》を感じて、俯伏して、身体《からだ》を震わせて、泣き出した。愛之助はそれを慰めようともせずいきなり着物を着て、哀れな妻を残したまま、もう夜明けに近い戸外へ出て行った。

彼は人通りのない廃墟《はいきょ》のような町を、めくら滅法《めっぽう》に歩いて行った。

「確かに、確かに女は人種が違うのだ。どこか魔物の国からの役神《つかわしめ》なのだ。嘘をつく時には真から顔色までその通りになるのだ。泣こうと思えば、いつだって涙がわいて出るのだ」

今さらのようにそれを感じた。

「だが、うっかり尻尾《しっぽ》を出してしまった。あの仕業《しわざ》は確かに俺の教えたことではない。俺はそんな被虐色情者《ひぎゃくしきじょうしゃ》じゃない。あいつは、幽霊男に教わったのだ。そして彼女もいつの間にかサディズムを愛し始めたのだ」

これは決して彼の妄想ではなかった。動きの取れない根拠があった。彼は例の赤い部屋での幽霊男とある女性との遊戯をまざまざと記憶していた。今夜の芳江の仕業は、そのある場面と寸分違わなかったではないか。彼女は彼を馬にしてまたがったではないか。そして手綱がわりの赤いしごきを、彼の首にまきつけようとしたではないか。彼がまっ青になって飛びのいたのも、無理ではなかった。

さすがの猟奇者愛之助も、退屈どころではなかった。これで、彼が細君にあきあきしたというのは思い違いで、実は心の底では深く深く愛していたことがわかる。だが、彼にはこの心の変化が少なからず意外であった。こんなにも不義の相手が、すなわち幽霊男が憎くなるなんて、変だと思わないではいられなかった。

「畜生め、畜生め」

彼は、遊び人かごろつきみたように、相手を八ツ裂《ざ》きにすることを考えながら、ダクダクほとばしる血潮を幻に描きながら、どこというあてもなく、グングン歩いて行った。

奇蹟のブローカーと自称する美青年のこと

愛之助は、家を飛び出したまま、一度も帰宅せず、友達をたずねた上、クラブへ行って球をついたり、浅草公園の群衆にまじって、映画館街を行ったり来たり、心の中では極度の焦燥《しょうそう》を感じながら、うわべはいかにも呑気らしくそんなことをやっているうちに、つい日が暮れてしまった。

そして、その夜の十時頃から次のお話が始まるのだ。

その時愛之助は歩き疲れて、浅草公園の池に面した藤棚《ふじだな》の下の柱に凭《もた》れて、ボンヤリ池にうつるイルミネーションをながめていた。藤棚の下に並んだ数脚のベンチには、影のような浮浪者の一群がおとなしく黙りかえって腰かけていた。彼らはどれもこれも、ひどくうえて、それを、訴える力さえ失って、あきらめ果てて、ぐったりしているように見えた。

その中に一人だけ、周囲の浮浪者たちとはきわだって立派な風采の青年がまじっていた。浅草青年というよりはむしろ銀座青年という風采が、愛之助の注意をひいた。そういえば、愛之助にしたって、ちっとも浅草人種ではなかった。ましてそんな藤棚の下などに、ぼんやりたたずんでいるのは、どうも似つかわしくなかった。というわけで、この二人、愛之助と銀座型青年とは、期せずしてお互いの存在を意識しあったのである。

で、愛之助はチラとあることを頭に浮べた。というのは彼がかねて知っていた、アサクサ・ストリート・ボーイズのことだ。猟奇家の彼が、そういうものの存在を知らぬはずはないのだから。

愛之助は、(注10)十二階を失い、江川娘玉乗りを失い、いやにだだっ広くなった浅草には、さして興味を持たなかった。しいていうならば、廃頽《はいたい》安来節《やすきぶし》と、木馬館と、木馬館及水族館の二階の両イカモノと、公園の浮浪者群と、そしてこのストリート・ボーイ達とが、わずかに浅草の奇怪なる魅力の名ごりをとどめているのだ。そういうもののかもし出す空気が、やっと二《ふ》た月《つき》に一度ぐらいの程度で、彼の足を浅草へ向けさせた。

青年はじっと、愛之助を見つめていた。紺がかった春服を着て、同じ色の学帽のような一種の鳥打帽子の、深いひさしの下から、闇の中に柔軟な線の、ほの白い顔が浮き上がっていた。美しい若者だ。

愛之助は決してペデラストではないので、うれしくもなかったが、しかし、別に不快を覚えるほどでもなかった。

「蛇のように冬眠が出来るといいなあ」

突然、すぐそばでそんなかぼそい声が聞こえたので、見ると、目の前のベンチに若い栄養不良な自由労働者がいて隣の少し年取った同じような乞食みたいな男に、話しかけているのだった。

「冬眠て何だよ」無学な年長者が力のない声で尋ねた。

「冬じゅう地の底で、何も食わないで眠っていられるんだ」

「何も食わないでか」

「ウン、蛇のからだは、そんなふうに出来ているんだ」

そして、二人とも黙ってしまった。静かな池の中へポチャンと小石をほうりこんだような会話だ。

池の向こうの森影から、絶え間なく木馬館の十九世紀の楽隊が響いて来た。風の都合で、ばかに大きな音になったり、ある時はかすかになって、露天商人《ろてん》の呼声《よびごえ》にまじりあってジンタジンタと太鼓の音ばかりが聞こえたりした。うしろの空地では、書生節のヴァイオリンと、盲目乞食の浪花節《なにわぶし》とが、それぞれ黒山の聴手《ききて》にかこまれて、一種異様の二重奏をやっていた。二重奏といえば、つまるところ、公園全体が一つの大きなオーケストラに相違なかった。ジンタ楽団、安来節の太鼓、牛屋の下足の呼声、書生節、乞食浪花節、アイスクリームの呼声、バナナ屋の怒号《どごう》、風船玉の笛の音、群衆の下駄のカラコロ、酔っぱらいのくだ、子供の泣き声、池の鯉《こい》のはねる音、という千差万別の楽器が作る、安っぽいが、しかし少年の思い出甘いオーケストラ。

「もし！」

突然耳元で、ささやくように、古風に呼びかける声がした。振り向くとさっきの美しい青年が、立って来て、いつの間にか彼のそばへ寄っていた。

愛之助はハッと当惑した。浅草(注11)ウルニングの誘いには、一度こりていたからだ。

「なに？」

妙なことには、彼は女みたいなアクセントで聞き返した。ちょうど商売女とでも話をするように。

「あなた、失礼ですが、何かお困りなすっているのではございませんか。どうにも出来ないことが、おありなさるのじゃございませんか。でも、それはどうにかなるのですよ。奇蹟《きせき》をこしらえているところがあるのです。そこでは、あなたの御入用《おいりよう》のものを、そうですね、たぶん、一万円(注12)くらいで御用立てすることが出来るかも知れませんよ」

青年は変な謎《なぞ》みたいなことをささやいた。それにしても一万円なんてばかばかしい金額だ。もしや可哀そうに気違いでもあるのかと、愛之助は相手の顔をまじまじとながめた。

池にうつった映画館のイルミネーションが、逆に顎の下から青年の顔をボーッと明るくしていた。美しい。だが変な美しさだ。お能《のう》の面のように、完全に左右均等で、何かしら作り物の感じで、無表情で、底の方からにじみ出す凄味がただよっていた。やっぱり気違いだなと思った。

「ああ、私はあれじゃないんです。女じゃないんです」青年は愛之助の気持を感づいて笑いながらいった。「それよりもずっと値打ちのある、あなたが想像もなすったことがないような商売をしているんです。昔から神様にしか出来なかった、恐ろしい奇蹟のブローカーなんです。でも、あなたお困りじゃないのですか。奇蹟が御入用じゃないんですか」

「奇蹟って、なんです」

相手がストリート・ボーイではないとわかって、安心したけれど、彼の話すことがまるで理解出来なかった。しかし、気違いではなさそうだ。

「奇蹟をお尋ねなさるのですか。じゃ、あなたは御入用がないのです。ほんとうに欲しいお方はそんなふうにはおっしゃいませんから。さようなら」

青年はフラフラと、又元の浮浪者の間に戻って行った。

浅草のような盛《さか》り場《ば》には、時々こんな不思議がある。浅草は東京という都会の皮膚に開いた毒々しい腫物《しゅもつ》の花だからだ。そこには常態でないすべてのものが、ウジャウジャとたかっている。だが、愛之助はまだ一度も、こんな変てこな男に出あったことはなかった。美しいけれど妙に不気味なお能の面のような顔が、いつまでも忘れがたく目の底に残っていた。

この青年は何者であったか、ただ意味もなくここへ現われて消えてしまう人物ではない。この物語の後段に至って彼はもう一度読者の前に姿を見せるはずだ。その時こそ、彼のいわゆる奇蹟が何を意味するか、ハッキリ読者にわかるであろう。

愛之助はなぜということもなくこわくなって、藤棚の下を出た。そして、あてもなく明るい活動街の方へ歩いて行った。

驚きは友を呼ぶものであるか。そうしてグラスウインドーの中の彩色スティールの前を、群衆にはさまって歩いていた時、沢山の動く頭の向こうに、彼はハッとするような顔を発見した。ほかでもない品川四郎である。

愛之助は相手に気づかれぬよう、人波を分けてあとをつけた。確かに本物の品川ではない。科学雑誌社長があんな洋服を着ていたのを見たことがない。それに品川四郎が今時分浅草を歩いているなんて変だ。てっきりきゃつに違いない。と思うと、愛之助はもうワクワクして来た。今度こそ見のがすものか。

幽霊男はフワフワと群衆をぬって、細い道を曲がり曲がり、ついに雷門《かみなりもん》の電車通りへ出た。

円タクの行列。男はその一つの誘いに応じて車内に姿を消した。愛之助も一台を選んでとび乗った。又しても自動車の追っかけだ。だが、今度はいつかの赤坂見附みたいなヘマはしないぞと、彼は前の車の鋭い監視を続けた。

血みどろの生首をもてあそぶ男のこと

ほとんど一時間近くも走って、男の自動車は、郊外の池袋《いけぶくろ》の、駅から十丁もある淋しい広っぱで止まった。車を降りたのは確かにきゃつだ。愛之助はとうとう成功したのだ。彼は自分も車を捨てて、闇を這うようにして男のあとを追った。

広っぱの一隅にこんもりした木立に囲まれて、ぽっつりと黒い一軒家が見える。洋館らしい二階建で、石の門がついている。男はその門をはいって、玄関のドアを鍵で開いて、スッと屋内に姿を消した。その様子を見ると、家の中には誰も留守番がいならしい。幽霊男は、この化物屋敷にたった一人住んでいるのだろうか。

しばらく待っても、どの窓にもともし火の影さえささず、ひっそりとして屋内に人の気配もせぬ。きゃつ、あかりもともさず、あのままベッドへもぐり込んでしまったのであろうか。愛之助は思いきって石の門をはいり、家の横手を廻って、どこか覗ける箇所はないかと探して見た。

窓はあるけれど、どれも内部がまっ暗で、顔をくっつけても何も見えぬ。尋ねあぐんで、ふとうしろを振り向くと、庭の立木の一部が、異様にほの明るくボーッと浮き出しているのに気づいた。どこからか非常に薄い光がさしているのだ。わかったわかった、二階にいるんだなと気がついて、少し建物を離れて見上げると、あんのじょう二階のガラス窓の一つが、ぼんやり赤く見える。だが何という暗い光だ。電燈ではない、おそらく蠟燭《ろうそく》の光であろう。

電燈もないところを見ると、やっぱり空家《あきや》かしら。では幽霊男が入口の合鍵《あいかぎ》を持っていたのはなぜだろう。彼は空家の中で、古風な蠟燭などともして、一体何をしようというのだろう。

しかし考えて見ると、幽霊男にはしごくふさわしい隠れがだ。きゃつこんな化物屋敷に人目を忍んで、こっそり思いもかけぬ場所に現われては、様々の悪事を行っているのだ。いよいよ品川四郎の推察が的中して来た。この怪物はこの化物屋敷の中で、品川四郎という分身を種に、どんな戦慄すべき陰謀をたくらんでいるかわかったものではない。

夜の闇と、異様な静かさと、古めかしい洋館と、蠟燭の光とが、ふと、彼に妙なことを連想させた。ジーキル博士とハイド氏！　品川四郎という男は、通俗科学雑誌などとまじめ一方の仕事にたずさわって、謹直《きんちょく》そうにしているが、彼の心にもう一人の悪魔が住んでいて、時々、ハイド氏になるのではないのかしら。品川はどう考えてもそんな恐ろしい男には見えぬけれど、それがかえっていけないのだ。ジーキル博士は一点非のうち所のない高徳なる学究ではなかったか。しかも、ひとたび彼のうちなるハイド氏が姿を現わすと、何の関係もない往来の幼児を突き転ばし、その頭を踏みにじって、蠅《はえ》か蟻《あり》でもつぶすように、殺してしまう兇悪無比《きょうあくむひ》の怪物と化し去ったではないか。

愛之助は暗闇の中で、思わず身震いした。

「ばかな。貴様はどうかしているぞ、臆病者め。そんなことは小説家の病的な空想世界にしかないことだ。第一、この幽霊男と品川四郎と同一人だなんて、科学的にあり得ないことではないか。同一人がどうして、新聞の写真版に二つの顔を並べることが出来るか」

又、一方では帝国ホテルで食事をしながら、その同じ日同じ男が京都の四条通りを歩くなんて神変不思議の芸当が人間に出来るものでない。飛行機。……ああ、飛行機というものがある。しかし、たとい旅客飛行機を利用したとしても、帝国ホテルから(注13)立川《たちかわ》まで、大阪築港《ちっこう》から京都四条までの道のりを考えると、とても同じ日に同一人物が京都に現われる可能性はない。まして、愛之助と品川とがホテルで会食したのはちょうど午過ぎだったのだから、一層この芸当は不可能なわけだ。

いや、いや、そんなことをクドクド考えるまでもない。愛之助は現に、例の麴町の赤い部屋で、品川四郎と、このもう一人の幽霊男とが、三尺と隔てぬ近さで、世にも不思議な対面をしたのを、ちゃんと目撃さえしているではないか。

愛之助が闇の庭にたたずんで、二階に耳をすましながら頭ではせわしくそんなことを考えていた時、突然びっくりするような物音が起こった。

ちょっとの間、物の音か人の声か判断が出来なかった。だが、第二の短い悲鳴で、それが女の声であることが確かめられた。例の蠟燭の光の漏れている二階からだ。何かしら非常に残酷なことが行われた感じである。

しかも、声はそれっきりで、又元の深い、不気味な静寂に帰った。いつまで待っても人声はもちろん、カタリとも音さえせぬ。

愛之助はもうじっとしていられなかった。彼は柄にもない冒険を思い立った。玄関からはいったのでは相手に悟られ、どんなひどい目にあうかも知れぬ。それよりもガラス窓を幸い、先《ま》ず外部から部屋の様子を見届けてやろうと決心したのだ。

ちょうどその窓の外に、二間ばかり隔てて、大きな松の木が立っている。彼はいきなり、電燈工夫《こうふ》のように、その幹へはい上がった。全身汗びっしょりになって、やっと、窓と同じ高さの枝に達することが出来た。

そこの太い枝に腰かけ、両手で幹につかまり、身体の安定をたもちながら、彼は二階の窓をのぞいた。

ガラス戸は締めきってあったが、ガラス一面にほこりがたまって半透明になっているのと、蠟燭の光が何かの蔭になっていたので、しばらくは何が何だかわからなかったが、よく見定めると、ワイシャツとパンツだけの男が、こちらに背中を見せて何かやっていることがわかった。蠟燭は、その男の身体で隠されているのだ。それが幽霊男に相違ないことは、品川四郎そっくりの身体の恰好で明らかだ。

部屋はやっぱり空家同然で、何の飾りつけも家具もなく、ただ男の向こう側にテーブルのような台の一端が見えているばかりだ。

男は時々身動きをする。それが、上半身をかがめ首をたれて、何かおがむような恰好に見える。一体何をしているのかしら。男の蔭になって見えぬテーブルの上に、その対象がのせてあるに相違ないのだが、この深夜、空家みたいな部屋で、何かを礼拝《らいはい》しているというのも変な話だ。それにさっきの女の悲鳴は一体何を意味するのか。見たところ、部屋には幽霊男一人だけで、女なぞいそうにない。

眼が慣れて行くにしたがって、だんだん微細な点がわかって来た。先ず、男がワイシャツを肘の上までまくり上げていることに気がついた。何かひどい力仕事でもした恰好だ。次にそのワイシャツの袖口に点々として赤いしみのついていることがわかった。血だ。よく見ると、むき出しの腕には川のように恐ろしい血のあとが凝固《ぎょうこ》している。

愛之助は、礼拝している物体を想像した。もしやさっきの悲鳴の主の死体が、そこに横たわっているのではないだろうか。だが、どうも死体のような大きなものではない。

愛之助の好奇心は極点に達した。

「ああ、あれはおがんでいるんじゃない。接吻《せっぷん》しているんだ」

男の仕草《しぐさ》がふとそんな感じを与えた。だが、一体全体何に接吻しているのだ。死体にか？　辛抱《しんぼう》強く見ていると、ついに男が身体を動かした。今まで隠れていた小テーブルとその上の物体があらわになった。

同時に松の木がガサガサと音を立てて、はげしく揺れた。愛之助が驚きのあまり、危く枝をすべり落ちようとしたからだ。だが、彼はとっさに気を取りなおして、身体の位置を安全にして、その物体を熟視《じゅくし》した。

そこには人間の、まだ若い女の、首だけがテーブルにのせてあったのだ。しかも、今胴体から切り離したばかりのように、生々しく、血のりにまみれて。

愛之助がそれを一《ひ》目《め》見た時、あんなにも驚いたのは、一刹那、もしやその首が妻の芳江のではないかと思ったからだが、すぐそうではないことがわかった。見も知らぬどこかの娘さんだ。

幽霊男は、見慣れぬ型の金属製の燭台《しょくだい》を手にして、それをさしつけ、さしつけ、つくづくと女の首に見入っていた。

首は目を半眼にして、眉を寄せ、口を開き、歯と歯の間に舌の先がのぞいている。猥《わい》褻《せつ》に近い苦悶《くもん》の表情である。蠟燭の光が、赤茶けた光を投げ、異様な隈を作っている。血は白い歯を染めて、唇から顎へとほとばしり、テーブルに接する切り口のところは、さかなの腸《はらわた》みたいにドロドロして、その間から、神経であろうか、不気味に白い紐のようなものがトロリとはみ出している。そんな微細なことがハッキリわかるはずはないのだが、愛之助はありありとそれを見たように思った。

やがて、ゾッとするようなことが起こった。幽霊男があいている方の手で、変なことを始めたのだ。彼は最初指先ではみ出している女の舌を、チョイチョイと口の中へ押し戻すような仕草を繰返していたが、舌が歯の間に隠れてしまうと、今度は歯と歯の中へ指を入れて、それをこじあけて一本の指が二本になり、三本になり、ついには手首から先を、死人の口の中へ押し込んでしまったのだ。すると、口の中にたまっていた血潮が、泡《あわ》を吹いて、彼の手首を伝わって、泉のように毒々しく美しくあふれ出して来るのが見えた。

次々と、ここには記しえぬほど、惨虐《ざんぎゃく》で淫猥な所業《しわざ》が続けられた。そして幽霊男の生首遊戯はいつ果つべしとも見えぬのだ。

幽霊男がかつて赤い部屋で、又芳江に対してマゾッホであったといって、それだから、彼がサドでないとはいえぬ。両者をかねるもの古今東西にその例がとぼしくはない。おもうにこの幽霊男は、軽微で上品な(変な云い方だが)マゾヒズムと、兇暴なサディズムとを兼備し、その上に、戦慄すべきラスト・マーダラア(注14)であったに相違ないのだ。

ふと気がつくと、松の木の根本で、変な咳ばらいのような音がしていた。そして、愛之助を仰天《ぎょうてん》させたことには、その音が刻一刻高く大きくなって来るとともに、犬の鳴声であることがわかった。悪魔は用心深く番犬をかっていたのだ。どこかへ行っていたその番犬が帰って来て、不思議な樹上の人物をかぎつけたのだ。見ると、幽霊男は、その声に気づいた様子で、こちらを振り向き、恐怖の表情をまっ正面に見せて、窓の方へ歩いて来る。

「もう駄目だ」と思ったけれど、とにかくも逃げられるだけは逃げて見ようと、愛之助はいきなり地上目がけて飛び降りた。飛び降りると弾力のある温かい肉塊《にくかい》が、非常な勢いでぶつかって来た。存外《ぞんがい》大きなやつだ。

愛之助はしばらくその動物を持てあましていたが、とうとう致命的な一撃を食わして、一目散《いちもくさん》に表門へと走った。

だが、その時はもうおそかった。

門へ来て見ると、ワイシャツの腕まくりをした、例の男が、先廻りして、ちゃんと待ち構えていた。手には小型の銃器が光っている。

「逃げると、怪我《けが》をしますよ」

幽霊男は、落ちつき払って声をかけた。

「少し君に話したいこともありますから、一度家へはいってくれませんか」

愛之助は、相手の命ずるままに、動くほか仕方がなかった。

男は愛之助の背筋へピストルを当てがって、あとから押すようにして、玄関をあがり、階下の奥まった一室へと連れて行った。

家具のない、ほこりだらけの、だだっ広い部屋だった。

「僕をどうしようというのです」

部屋にはいると、愛之助はやっと口をきいた。

「どうもしない。僕が行くえをくらます間、ここにじっとしていて欲しいのです。それには、手足の自由が利いては危険だから、君の身体を縛っておくつもりです」

品川四郎と寸分違わぬ男が、声まで品川の声で宣告を下した。

哀れな青木愛之助は、間もなく手足をしばられて、ほこりだらけの板の間に転がっていた。その頭のところに、勝ち誇った幽霊男が立ちはだかっている。

「君の名は聞かないでも知ってます。青木君でしょう。僕は君の友達の品川君も知っているし、そればかりじゃない君の細君の芳江さんまで知っていますよ。ハハハハハハ、僕の名かい。やっぱり品川四郎さ。ハハハハハ。僕のからだのどっかに、品川四郎でないところがありますかね」

男の手やワイシャツの袖には、まだどす黒い血がついていた。

愛之助は、何とも形容出来ぬ気持だった。彼をこんなひどい目にあわせて、あざ笑っているのは、親友の品川四郎と寸分違わぬ男だ。しかも同時に彼にとっては憎んでも憎み足りない妻を盗んだ曲者であり、又惨虐たぐいなきラスト・マーダラアなのだ。

「君、ほんとうのことをいってくれたまえ。君はまったく品川君じゃないのかい」

愛之助はそれを尋ねないではいられなかった。

「さア、どうですかね。もし僕が品川だったら、どうしようとおっしゃるのです」

「もしや品川君だったら僕は頼む。僕は決してさっき見たことも、絶対に他言はしない。ただ君と僕の妻との関係だけは、ほんとうのことを打ち明けてくれたまえ。ね、品川君頼みだ」

「ハハハハハハ、とうとう品川君にしてしまいましたね。だが、お気の毒だが、僕は品川じゃありませんよ。奥さんのことですか。さア、それは御想像にまかせましょう。君、知ってるんでしょう」

愛之助は思わず歯を食いしばってうめいた。

「じゃ、そうしておとなしくしているんですよ。さよなら」

幽霊男は云い捨てて、部屋を飛び出すと、バタンとドアをしめて、外からカチカチと錠前《じょうまえ》をおろしてしまった。

愛之助は板の間に転がったまま、あまりの出来事に考えをまとめる力も失って、しばらくは茫然《ぼうぜん》としていた。幽霊男がこんなひどい人殺しだとは想像もしなかった。第一に九段坂のスリ、次は赤い部屋の奇怪な遊戯、鶴舞公園の不倫なささやき、悪人には相違ないと思ったけれど、まさかこれほどの極悪人《ごくあくにん》とは思わなんだ。品川四郎がかつて、どんな大陰謀をたくらんでいるかも知れぬと、恐れおののいたのは、考えて見ると決して杞憂《きゆう》ではなかった。

愛之助己《おの》が妻を尾行して怪屋に至ること

愛之助は怪屋の一室で夜を明かした。そして結局警察官に救い出されるまでのいきさつは、くわしく書いてもいっこう面白くないことだから、ごく簡単にかたづけると、ドアに鍵をかけて悪魔が立ち去ったあとには、暗闇と静寂の長い長い時があったばかりだ。愛之助はそこの板張りの床にへたばって、はげしい恐怖に震え、あらゆる妄想にさいなまれた。その中でもっとも際立っていたのは、天井からポトポトと何かのしたたり落ちる幻聴であった。それが長い長い一《ひ》と晩中《ばんじゅう》絶えては続いた。つまり、彼はその部屋の真上の二階に、さっきの生首の女の、切り離された胴体が、みだらに血みどろに横たわっている光景を幻想したからである。

一夜の苦悶の間に、さして厳重でなかったいましめは、いつしかとけてしまったけれど、たとい手足だけは自由を得たところで、けだものの檻《おり》のように鍵のかかったドアと鉄格子の窓にはばまれ、のがれ出すことは思いもよらなかった。

一睡《いっすい》もしなかった彼は、夜が明けると、外の広っぱに人通りがないかと、それぱかりを待った。往来ではないのでなかなか人通りはなかったが、やっとして十五、六才の少年が、窓の向こうの生垣の外をハーモニカを吹き鳴らしながら通りかかった。

愛之助は悪魔がまだ同じ家にいると信じていたので、声をかけることをはばかり、手帳を破って手紙を書き、銀貨をつつんで重りにして、窓から少年の足元へ投げた。

幸い彼の意志が通じて、少年はすぐさま附近の交番へかけつけてくれた。そして、間もなく警官がやって来たのだが、実に奇妙なことには、愛之助の申し立てによって、警官が調べて見ると、その家はまったくの空家で、どの部屋にも人の住んでいた形跡はなく、主人公の幽霊男も、例の血みどろの生首も、女の胴体も、影も形もなく、どこの床板にも一滴の血のあとさえ発見されなかった。

もっとも意外なのは、彼を救い出しに来た警官が、一枚のドアをも破る必要がなかったことである。つまり入口はもちろん、愛之助が監禁されたと信じていた部屋のドアにさえも、鍵がかけてはなかったのだ。彼は一と晩中たびたびそのドアを開こうとしたが、いつも外から鍵がかけてあるように感じた。悪魔はいつの間に、又何がためにそれを、はずして行ったのであろう。それとも、愛之助の方で逆上のあまり、そんなふうに誤信してしまったのか。

朝の陽光とともに妖怪が退散した感じで、昨夜のことはすべてすべて、彼の夢か幻でしかなかったとさえ思われた。巡査も変な顔をして、彼をジロジロながめるのだ。で、結局、この怪屋の怪事件は、うやむやに終わってしまった。警官には愛之助の物語った怪事よりも、愛之助自身の精神状態の方がよっぽど奇怪に見えた。したがってこの事件は、一精神異常者の奇怪なる幻想として、深く取り調べることもなく、葬り去られたことに相違ない。

事実、愛之助が猟奇の果に、ついにあの大罪をおかすに至った、心理的異常は、すでにこの時に胚胎《はいたい》していたのかも知れぬ。彼は狐につままれた形で、昨夜の出来事が夢か現実かの判断もつかず、フラフラと別宅に立ち戻った。そして、そこには彼が不倫の妻と信ずるところの芳江が、彼の不思議な朝帰りを待っていたのだ。

お話はそれから三日目の夜にとぶ。その間の愛之助夫妻の心理的葛藤を描写していては退屈だからである。

愛之助がその夜八時頃、附近の縁日を散歩した帰りがけ、何気なく電車通りを歩いていると、ハッと彼を驚かせたものがあった。

驚いたには驚いた。だが実をいうと、それは彼が待ちに待っていた事柄でもあった。つまり細君の芳江が、たった一人で、流しの自動車を呼び止め、それに乗ろうとしていたのだ。彼の留守を幸いの逢引きにきまっている。

「とうとうつかまえたぞ」

愛之助はワクワクしながら、相手に悟られぬように別の自動車を呼び止めて乗車した。いうまでもなく尾行である。自動車の追いかけごっこは、もう慣れっこになっているのだ。

彼は嫉妬に燃えていた。妻がだんだん立ち勝《まさ》って美しいものに見え出した。たとい姦婦《かんぷ》とはいえ、その美しい自分の妻を、こうして尾行している、泥棒と探偵のように追跡しているという事実が、彼の猟奇心を妙にくすぐった。追跡そのものが、何かしら性慾的な事柄にさえ思われた。前を走る車の後部の窓から妻の白い襟足《えりあし》がチラチラ見えた。

ところが、やがて三十分も尾行が続いた頃、愛之助はふと車外の家並に注意を向け、ああ見覚えがあるなと気づくと、ある恐ろしい考えが、ギョッと胸につき上げて来た。車は確かに先夜と同じ町を通って、池袋に向かっている。もう停車場が向こうに見える。

すると逢引きの場所は例の不気味な空家に相違ない。彼は先夜の奇怪な出来事をまざまざと思い出した。幽霊男の握っていた人切包丁《ひときりぼうちょう》、血みどろの女の生首、そして奇怪きわまる殺人淫楽《さつじんいんらく》。

妻は相手を信用しきっている様子だが、ひょっとするとあの空家の中には、先夜の女と同じ運命が彼女を待ち構えているのではあるまいか。それは二人はほんとうに愛し合っているのかも知れない。だが、いくら愛し合っていたところで、きゃつは、当り前の人間ではないのだ。恐ろしいラスト・マーダラアなのだ。彼として見れば、いとしければこそ、その人の生血《いきち》がすすりたいのかも知れぬのだ。

あんのじょう芳江の車は不気味な空家の前に止まった。愛之助は広っぱの手前で車を捨てて、闇の中にうずくまって見ていると、ほの白い妻の姿が、まっ黒な怪物みたいにそびえている空家の中へ、吸い込まれるように消えて行った。

いわずと知れた家の中には例の怪物が、美しい餌食《えじき》を待ち構えているのだ。

はげしい嫉妬と同時に、妻の命を気づかう心とがゴッチャになって、愛之助は前後を忘れ、わが身の危険を忘れ、いきなり芳江のあとを追って、空家の中へ踏み込んでしまった。

例によって戸締まりがしてないので、はいるのは造作もなかったが、洋館の廊下がまっ暗で、芳江がどの部屋にいるのか見当がつかぬ。だが、ともかく奥の方へと、手探りでソロソロ歩いて行くと、ふと低い話し声が聞こえて来た。意味はわからぬけれど、確かに芳江の声と、もう一つは例の怪物の（品川四郎そっくりの）声に違いない。

彼はその声をたよりに、足音を忍ばせながら、闇の中をたどって行ったが、ハッと思うと何かにつまずいて、ひどい物音を立ててしまった。

バッタリ止まる話し声、同時に、ガタガタいう靴音、パッとさす光。愛之助は電燈の直射にあって、ど肝《ぎも》を抜かれて立ちすくんだ。すぐ目の前のドアが開いて、電燈を背にして、例の怪物が立ちはだかっていた。

「いや、青木さんじゃありませんか。よっぽどこの家がお気にめしたと見えて、よくおたずね下さいますね。まあ、おはいり下さい」

男はこわい目で彼をにらみつけながら、言葉だけは不気味に丁寧な口をきいた。愛之助も、しかし負けてはいなかった。そこに妻の芳江が介在している。先夜とはわけが違うのだ。彼はいわれるままに、ツカツカとその部屋へはいって行った。そして、不義の妻はどこにいるかと、血走った目でキョロキョロ見廻した。

愛之助ついに殺人の大罪を犯すこと

だが、ガランとした部屋の中にはすでに妻の姿はなかった。つい今まで話し声がしていたのだから、どこへ逃げる隙もないはずだ。窓には例の鉄格子がはまっている。

たった一つの逃げ道は隣室へ通じているドアである。愛之助はそのドアの向こう側に気のせいか衣《きぬ》ずれの音を感じた。しかも部屋の構造から想像するに、そこは寝室に相違ないのだ。ベッドさえ置かれているかも知れぬと思うと、彼は一層カッとしていきなりそのドアへ突進した。

「オッと、そう刑事みたいに他人の家を家探《やさが》しするもんじゃありません」

幽霊男はすばやくドアの前に大手をひろげて、品川四郎の顔でニヤリと笑って、立ちすくむ愛之助を見すえた。

その落ちつき払った相手の様子が、一層愛之助を逆上させた。飛びかかって締め殺してやりたいほどに思うのだが腕力ではとてもかなわぬことがわかっている。彼は救いを求めでもするようにキョロキョロとあたりを見廻した。

と、キラリと目を射たものがある。彼にとって、何という僥倖《しあわせ》であったか、迂闊千万《うかつせんばん》にもそこのテーブルの上に、一挺《いっちょう》のピストルが置いてあるではないか。

彼は鉄砲玉のようにテーブルに飛びついて、ほとんど無感覚になった手で、一生懸命そのピストルをつかむと、クルリと振り向いて、筒口を曲者の胸に向けた。

「こいつは大しくじりだ。うっかりピストルを忘れていましたよ。ハハハハハ」

怪物はビクともしない。平気で大手をひろげたままだ。

愛之助は敵のあまりの大胆な様子に、ふとあることに気づいてギョッとした。

「さては、貴様。このピストルは空《から》だな」

「ハハハハ、よく気の廻るお人だ。空じゃありません。ちゃんと丸《たま》がこめてありますよ。だがあなたピストルを打ったことがありますか。打ち方を御存知ですか。それに、ホラ、あなたの手は(注15)中気病《ちゅうきや》みのようにブルブル震えているじゃありませんか。ハハハハ、ピストルなんて、持ち手によっては、そんなに恐ろしいもんじゃありませんよ」

「そこをのきたまえ。のかないと、ほんとうに打つよ」

愛之助は、声を震わすまいと一生懸命になって叫んだ。

「お打ちなさい」

怪物はやっぱりニヤニヤ笑っている。相手に発砲の勇気がないとみくびっているのだ。

打ってやろうか。引金《ひきがね》を引っぱればズドンと行くのだ。だが、打ったら大変なことになるんだぞ。打っちゃいけない。打っちゃいけない。

しかし、いけないと思えば思うほど、引金にかけた指がひとりでに曲がって行った。誰か止めてくれと泣き出しそうになりながら、とうとう、引金が動いた。ワッ、しまったと思った時には、ブスッというふるえあがるような音がして、煙硝《えんしょう》の匂がパッと鼻をうった。

目をそらしたが、目の方で釘《くぎ》づけになったように、相手を見つめて動かなかった。

幽霊男は、まるで別人のような、変な表情で、黙って突っ立っていた。両眼は開けるだけ開いて愛之助の方を向いていたが、それが妙なことに、にらみつけられているという感じは少しもなかった。

ひろげた両手の先だけが、つかみかかるように、可愛らしくちょっと動いたかと思うと、やがてグッタリ両脇に垂れてしまった。

白いワイシャツの胸に、焼けこげみたいに小さな穴が開いていた。奥底が知れぬような黒い穴だった。見る見る、その穴から絵の具のようなまっ赤な動脈の血が、ブツブツと泡を吹いてわき出し、細い川となってツーッと流れた。

同時に、男の大きな身体が、溶けるように、或いは、くずれるように、ヘナヘナと俯伏せに倒れて行った。

愛之助の目には、それらのとっさの出来事が、映画のスローモーションのように、異様にのろのろと、しかも微細な点までハッキリと映《えい》じた。

彼は邪魔ものがなくなったので、相手の身体をまたぎ越してドアに近づき、その向こう側に震えている妻の芳江を予期しつつ、勢いこめてそれを開いた。

暗くてよくはわからぬけれど、人の気配はない。

「芳江、芳江」

愛之助はしわがれた声で怒鳴った。手ごたえがない。

彼は部屋に踏み込んで、隠れん坊の鬼のように、隅から隅へと歩き廻った。そして、芳江のグニャグニャした身体のかわりに、ポッカリと口を開いたもう一つの出入口にぶつかった。

一方口で寝室だとばかり思い込んでいたのは、とんだ間違いで、その部屋にはほかに出口があったのだ。

半狂乱の愛之助は、暗闇の部屋から部屋へと、人の気配を探して、うろつき廻った。ポケットにマッチを持っていたことに気づいたのは、やっとしてからであった。彼はマッチを一本一本すっては、もう一度家じゅうを探して見た。二階へも上がって行った。だが、どこにも妻の姿はない。

逃げたのだ。どこへ逃げたのかしら。まさか家《うち》へではなかろう。どこへ、どこへ。そんなことを考えながら、彼はいつか又、元の部屋へ帰っていた。そして、さっきのままの姿でうつぶしている幽霊男の死骸《しがい》を見た。

「ああ、俺は人殺しだ」

ゾーッと氷のようなものが脊髄《せきずい》をはい上がった。彼はその時になって、やっと彼の犯した罪を感じたのだ。

「ああ、もう駄目だ」

頭の中で、あらゆる過去の姿が、地震のようにグラグラとくずれて行った。

彼は何を考える力もなく長い間つっ立っていた。

「だが、もしかしたら、こいつ死んだ真似をしていて、今にワッと飛び上がって、おれをおどかすつもりじゃないかしら」

ふと変なことを考えて、彼は死骸に近づき、その顔を光の方へ、ギュッとねじ向けて見た。だが、白茶けた羊皮紙《ようひし》のような顔は、笑わなかった。笑うかわりに、どうかしたはずみで、ガックリと顎が落ちると、開いた口の白い歯の間から、絹糸みたいに細い血が、ツーッと頬を伝って流れた。

それを見ると、愛之助はヒョイと手を放して、その辺に突き当たりながら、いきなり戸外へ飛び出し、前の広っぱを人家の方へ、えらい勢いでかけ出した。

殺人者自暴自棄《じぼうじき》の梯子酒《はしござけ》を飲み廻ること

それから一時間ほどして、愛之助はフラリと別宅の格子戸の前に立った。どこで車を降りたのか、どこをどう歩いたのか、無我夢中であった。たえず背後に追手を感じながら、もしや芳江が帰宅していないかと、とうとう家まで来てしまったのだ。思いきって、ソッと格子戸を開くと、すぐ見覚えのある芳江の草履《ぞうり》が目についた。ちゃんと帰っているのだ。

彼はなぜか音をたてないようにして、玄関を上がり、茶の間へ踏み込んだ。そこに立ちかけた芳江がいた。眼と眼を見合わせた二人の身体が、石になったように、愛之助は立ちはだかったまま、芳江は片膝立てたまま動かなくなってしまった。

「お前いつ帰った」

長い後で愛之助が吐息《といき》をつくようにいった。

「まあ、あたし、どこへも出ませんわ」

芳江は何か幽霊でも見るような、こわそうな表情で、息をはずませて答えた。

「ほんとうか。あくまで外出しなかったと云い張るつもりか」

「あなたどうかなすったのじゃありません？　あたし、嘘なんか云いませんわ」

芳江は例の不気味な無邪気さで、ぬけぬけと答えた。

愛之助は妻の驚嘆すべき技巧に打たれた。そいつはいっそ恐ろしいほどだった。突然横面《よこづら》をなぐりつけられた感じで取りつくしまがなかった。

彼は黙って二階の居間に上がると、手文庫から銀行小切手と実印を取り出し、それをふところにねじ込んで、そのまま表へ出た。芳江が玄関まで追っかけて来て、何かいっているのを背中に感じたが、振り向きもしなかった。

反射的に大通りまで歩いて、反射的に手を上げて自動車を呼び止め、運転手が行先を聞くと出鱈目《でたらめ》に「東京駅」といった。

だが車が走っている間に気が変わった。ほんとうの品川四郎に一度会って見たくもあり、会わねばならぬように思われた。運転手に品川の自宅を告げた。

十時を過ぎていたので、品川はもう床についていたが、電報配達みたいに、やけに戸をたたく音に目をさまし、婆やの取り次ぎで、寝間着姿で玄関へ出て来た。

「やア、上がりたまえ。今時分どうしたのさ」

愛之助は、そういう品川の顔を穴のあくほど見つめていたが、

「君、品川君だね。生きているんだね」

と、突拍子《とっぴょうし》もないことを口走った。

「エ、何をいっているんだ。ハハハハ。この夜ふけにたたき起こして、冗談はよしたまえ。それよりも、まア、あがらないか」

品川は面喰らって、ややムッとしながらいった。

「いや、それでいいんだ。君が生きていさえすればいいんだ。朝になったらすっかりわかるよ。じゃ、さようなら」

その「さようなら」という言葉が、さも長《なが》の別れといった、いやに哀れっぽい調子だったので、品川は不審らしく、「君、何だか変だね。まさか酔っているんじゃあるまいね。まあともかく上がりたまえ」

とすすめたが、愛之助はそれを半分も聞かず、表へかけ出して、待たせてあった車に飛び込むと、早く早くとせき立てて、行く先も告げずに発車させてしまった。

それから彼は、つぎつぎと行く先を変えて、二時間ばかり、ほとんど東京中を乗り廻した。しまいには運転手の方がへこたれて、「もう勘弁して下さい」と云い出すほども。

「ねェ旦那、車庫が遠いんですから、もういい加減にして下さいませんか」

運転手は車を最徐行にして、くどくどとそんなことをいっていた。

ふと窓の外を見ると、一軒の大きな酒屋が、今ちょうど戸締まりをしているのが見えた。

「降りるよ。降りるよ」

愛之助は突然車を止めさせて、十円(注16)近くの賃金を支払って、車外に出ると、いきなり今戸締まりをしている酒屋に飛び込んで行った。

「一杯飲ませてくれたまえ」

「もう店をしめますから」

小僧がジロジロ愛之助の風体をながめながら、無愛想にいった。

「一杯でいいんだ。グッと引っかけてすぐ帰るから、君頼むよ」

あまり頼むものだから、奥の番頭が口ぞえをして、小僧がコップ酒を持って来た。

「いや、桝《ます》でくれたまえ。桝がいいんだ」

で、五号桝に八分目の酒を受け取ると、角《すみ》に口を当てて、キューッとあおった。酒に弱い方ではなかったが、かつてこんな飲み方をしたことがないので、毒でも飲んだように不気味だった。いきなり顔が熱くなって来た。

もう一杯というのを、酒屋の方で迷惑がって、どうしても承知しないものだから、彼は仕方なくフラフラと歩き出した。何だか力一杯怒鳴ってみたいような気持だった。

「俺は人殺しだぞ、たった今人間を殺して来たんだぞ」と。

だがさすがにほんとうに怒鳴りはしなかった。そのかわりに非常に古風な、学生時代に覚えた小唄を溜息《ためいき》みたいにうなりながら、わざとヒョロヒョロよろけて歩いた。

夜ふけの街燈の目立つ、ガランとした町を二、三丁歩くと、一軒のバーが、まだ営業していたので、そこへはいって、洋酒と日本酒をチャンポンに、したたか飲んだ。そして、何か愚図愚図《ぐずぐず》わけのわからぬことをつぶやきながら、女給に追い立てられるまで、腰をすえていた。

「そんなに呑みたいんなら、吉原土手《よしわらどて》へ行けばいい、あすこなら朝までだって呑めるんだから」

女給に毒づかれて気がつくと、いわゆる吉原土手はじき近くだった。

彼は又ヒョロヒョロしながら、妙な鼻歌を歌いながら、まだ起きているバーを探して歩き出した。

一軒の薄暗いみすぼらしいバーが目についたので、そこへはいって行った。

熱燗《あつかん》を頼んでグビグビやりながら、隅の方を見ると、一人の洋服青年が、こちらに顔を向けて、ニヤニヤ笑っていた。ほかに客はないので、変だなと思って、混乱した頭をいじめつけて、記憶を呼び起こしているうちに、ハッと思い出した。いつか浅草公園の藤棚の下で出会った、美しい若者だ。この辺を根城《ねじろ》にしている不良青年かも知れない。

「ああ、又お目にかかりましたね」

云いながら、青年は立ち上がって、彼の隣に席をかえた。

「お相手しましょうか」

「ウウ、やりたまえ。僕はね、今日は非常にうれしいことがあるんだよ。ね、君、歌おうか」

「でも、あなたはちっともうれしそうじゃありませんよ」

青年が意味ありげにいった。「それどころかひどく屈託《くったく》そうに見えますよ。あなたお酒でごまかそうとしていらっしゃるのでしょう」

「で、僕の顔に、今人殺しをして来たとでも書いてあるのかい」

愛之助はやけくそな調子で云って、ゲラゲラと笑った。

「ええ存外そうかも知れませんね」青年は平気である。「だが、そんなことはなんでもないんですよ。僕、人殺しなんかより、十層倍も恐ろしいことを知っているんです。ね、おわかりでしょう。この間いった奇蹟。この東京のどっかでね、罪人を無罪にしたり、死人を生き返らせたり、生きている人を、まったくわからないように殺したり、自由自在の奇蹟を行っている、恐ろしい場所があるんです」と青年の声はだんだん低くなって、ついに囁きに変わって行った。

「あなた、今奇蹟が御入用じゃないんですか。だが、あなたはそれを買うおあしを持っていらっしゃるかしら。此間もいった通り一万円なんです。びた一文かけてもいけないんです」

「君は、僕が人殺しの罪人だとでも思っている様子だね」

「ええ、そう思っています。人でも殺さなければ、あなたみたいな、そんな恐ろしい顔つきになるもんじゃありませんからね。でも、ビクビクなさらなくってもいいんです。僕はあなたの味方です。どうです。ほんとうのことを僕にうちあけて下さいませんか」

青年は彼の耳元にささやきながら、母親が子供にするようにソッと彼の背中をなでていた。

青年のお面みたいな均整な容貌が、彼に何かしら不思議な影響を与えた。この青年こそ黄泉《よみじ》から派遣された彼の救い主ではないかと思われた。張りつめていた心が、隅からほぐれて行って、すがりつきたいような、甘い涙がこみ上げて来た。

「ほんとうの事をいうとね、僕は今晩ある男をピストルで打ち殺したんだ。その男の死骸は今でもある空家に転がっているんだよ。だが、君は、真から僕の味方なんだろうね」

愛之助は網目に血走った眼を、物すごく相手の顔にすえて、果し合いでもするような真剣さで、ささやいた。

「大丈夫です。僕の目を見てください。刑事の目じゃないでしょう。僕は犯罪者の味方なんです。犯罪者をお得意にする奇蹟のブローカーなんですから。でも、僕はコソ泥棒なんか相手にしませんよ。僕のお得意は一万円という代金が支払えるほどの、大犯罪者ばかりです」

青年も大真面目で、夢のようなことを口走った。

「よし、じゃほんとうのことを話そう」

愛之助は意気込んで、酒くさい唇を、青年の恰好のよい耳たぶにくっつけた。

愛之助ついに大金を投じて奇蹟を買い求めること

愛之助は廻らぬ呂律《ろれつ》で、一《ひ》と通《とお》り事の次第を話したあとで、込み上げて来る涙を隠そうともせず、ちょうど泣き上戸《じょうご》のようにメソメソしながら続けた。

「相手は殺人鬼なんだ。僕の妻が殺されかけていたんだ。で僕の行為は一種の正当防衛に過ぎないのだ。しかし、法律はそんなことを斟酌《しんしゃく》してくれない。だいいち証拠がないのだ。僕の妻はその空家へ行ったことを否定している。とうてい僕のために有利な証言をしてくれるはずはない。それどころか彼女にとっては僕は恋人の敵《かたき》なんだ。一方姦通者の片割れは死んでしまった。そして、やつらの関係を知っている者は、僕のほかに一人もないのだ。つまり、ここに一つの殺人がある。殺されたやつは恐ろしいラスト・マーダラアだ。けれども誰もそれを知らない。これっぱかりの証拠もない。そしてただ殺人者として、この僕が死刑台に上るだけなのだ」

「わかりました。わかりました」青年は愛之助のくりごとをさえぎっていった。「で、つまるところ、あなたは殺人者として処罰せられることをまぬがれさえすればいいわけでしょう。さア、取引です。一万円は高いとお思いですか」

「話してくれたまえ。一万円で何を買うのか」

「奇蹟です。想像も出来ない奇蹟です。それ以上説明は出来ません。僕を不信用だとお思いなさるのでしたら、これでお別れです」

青年はそういって、いつかの晩のように、その場を立ち去りそうにした。

「さア、ここに小切手がある。いくらでも金額を書き入れよう」

愛之助は、もうお金なんか、ごみか何ぞのように思っていた。青年は小切手帳を見ると、胸のポケットから万年筆を抜いて彼に渡した。

「一万円かっきりでいいのです」

「さア、一万円。だが、明日の朝でなければ現金にかわらない。それまでに、僕の犯罪が発覚するかも知れぬが」

「それは運命です。ともかくもやって見ましょう。明朝の九時、これを現金にすれば、すぐ奇蹟の場所へお連れします」

青年は腕時計を見て、「今二時半です。あと六時間あまりの辛抱です。なあに、お酒を飲んでいればじきたってしまいますよ」

だが、まさかバーで夜を明かすわけにもいかぬので、怪青年の案内で、愛之助は吉原近くの木賃宿《きちんやど》へ泊まった。想像ほどきたない部屋ではなかったけれど、悪酔いの苦痛の上に、何かしらムズがゆくて、疲れきっていながら、寝入ることが出来ず、ウトウトとすれば、何ともいえぬ恐ろしい夢にうなされ、われとわが叫び声に目をさまして、飛び起きると、身体じゅう不気味な汗に、ベットリぬれているといった調子で、つい朝までまんじりともしなかった。

配達を待ちかねて、新聞を持って来てもらったが、見るのがこわく、といって見ないではいられなかった。思いきって社会面を開いたが、開いたかと思うと、いやな虫けらでもあるようにポイと枕元へほうり出した。しばらくすると、又手にとって、三面を開きかけて、もう一度ほうり出した。やっと目を通したのはそんなことを四、五たびもくり返したあとだった。

ところが、そこには池袋の怪屋のことも、幽霊男の死骸のことも、一行も出ていない。

「おや、何だか変だぞ。ああ、そうそう、昨夜おそくの出来事が今朝の新聞にのるはずはなかったのだ」

と気がついて愛之助はガッカリした。夕刊が出るまで辛抱しなければならぬのかと思うとたまらない気がした。

「ええ、なるようになれ。どうせばれるんだ。どうせ死刑台だ」

彼はそんなことをつぶやきながら、又ゴロリと仰向けになると、あぶらくさい蒲団の襟に顔を埋めた。泥のようにすて鉢な気持である。

だが、やがて思いもかけぬ幸福の風が、彼の人臭い寝床を見舞った。十時に近い頃、昨夜の怪青年が、左右均等のお面の顔を、ニコニコさせてはいって来たのだ。

「吉報です。すべてうまく行きました。お金は何の故障もなく取れました。ほら、一万円の札束です」

青年はポケットから、百円紙幣の束を出して、ポンポンとたたいて見せた。

間もなく二人は連れ立って木賃宿を出た。愛之助は太陽をおそれて昼間はいやだと云い張ったけれど、怪青年は一笑に附して、

「それがいけないんです。おろかな犯罪者は、夜暗い町を選んで、さもさも泥棒みたいにコソコソ歩くものだから、すぐ様《さま》やられてしまうんです。まっ昼間大手を振って歩いてごらんなさい。人相書を知っている者でも、まさかあいつがと見逃してしまいます。これが骨《こつ》ですよ。ですから、僕なんか、奇蹟の場所へ人を案内するのにも、出来るだけまっ昼間を選んでいるのです。さア行きましょう。ちゃんと車が待っているのですから」

とせき立てるので、愛之助もついその気になったのだ。

宿を出て、まぶしい四月の太陽の下を二、三丁も歩くと、そこの大通りに、一台の立派な自動車が待っていた。その運転手も怪青年の一味のものらしく、彼らは目を見かわして、合図をして肯き合った。

やがて、車は愛之助と怪青年を乗せて走り出した。

「少しうっとうしいですが、目かくしをして頂かなければなりません。非常に秘密な場所だものですから、たといお得意様にでも、その所在を知られたくないのです。こ

れは私共の規則ですから、是非承知して頂きたいのです」

少し走ると青年が妙なことを云い出したが、どうでもなれと捨て鉢の愛之助はむろんこの申し出を承諾した。すると、青年はポケットから一と巻きの繃帯《ほうたい》を取り出して、まるで怪我人みたいに、彼の目から頭部にかけて、グルグルと巻きつけてしまった。普通の目隠しでは、外から見て疑われる心配があるので、繃帯を使って怪我人と見せかけるのであろう。実に万遺漏《ばんいろう》なきやり口である。そうして、全速力で三十分ばかり走ると、車が止まり、愛之助は青年に手を引かれて、どことも知れぬ石畳みに下車した。

「少々階段を下らなければなりません。足下に注意して下さい」

青年のささやき声とともに、もう石段の降り口に達していた。非常に長い石段であった。降りては曲がり降りては曲がりして、充分二丈ほども地下に下った様子である。

やがて、広々とした平地に出た。そこはもう石畳みではなくて、ツルツルすべる板張りの床になっていた。

「御辛抱でした」

青年の声がして、頭の繃帯がとられていった。目隠しがとれてながめると、さっき宿を出て歩いた道の、はれがましい白昼の明るさに引きかえて、そこは、陰々とした地底の夜の世界であった。

十坪ほどの簡素な板張りの、アトリエ風の洋室で、電燈はついていたけれど、物《もの》の怪《け》のような非常に多くの陰影がむらがって、一種異様な別世界の感じを与えた。というのはその部屋の四方には、まるで五百羅漢《らかん》のように、等身大の男女のはだか人形が立ち並んでいたからである。

「びっくりなすっているようですね。しかし、ここは人形工場じゃありません。そんな世の常の場所じゃありません。今にわかります。今にわかります」

怪青年は、彼自身人形と同じような、あまりにもととのい過ぎた顔に、妙な薄笑いを浮べながらいうのである。

人形共のうしろには、沢山の棚があって、そこに、化学者の実験室のように、無数の薬瓶が並んでいた。その棚の二つの切れ目が、今はいって来た入口と、奥へ通ずるドアである。その奥には一体全体どんな設備があるのか、そもそも何者が住んでいるのか。愛之助は何かしら名状し難い魔気《まき》というようなものに襲われ、戦慄を禁じ得なかった。

しばらくそこにたたずんでいると、突き当たりのドアの握りが、さもさも用心深く、ジリジリと廻って、やがてそのドアが音もなくなかば開かれ、暗い蔭に、何者かの姿が薄ぼんやりと現われた。

後篇　白蝙蝠《しろこうもり》

第三の品川四郎

さて、それから、この可哀そうな猟奇者はどうなったか、その変なラボラトリイでどんな奇怪なことが起こったか、等々はしばらく後のお楽しみとして、ここではもっと別の方面から、事件全体の姿をながめることにする。というのはこの二人品川の怪事は、実は一猟奇者の身の上話というだけではなく、一時は東京中を、いや日本中をわき立たせたところの、非常に大きな犯罪事件の、いわば序幕をなしたもので、それが今や、本舞台に移らんとしているからである。作者もこれまでのように、ゆっくりゆっくりと筆を運んではいられなくなって来たのだ。

青木愛之助の妻君の芳江は、あの晩愛之助がなぜあんな変な様子をしていたのか、まるで腑《ふ》に落ちなかった。読者もすでに推察されている通り、彼女はまったく無実であったのだ。ただ、愛之助があまり恐ろしい顔色をしていたものだから、それにつられて、ついこわばった表情になり、愛之助の誤解を裏書きするような結果になってしまったのだ。愛之助の方で、それほども、怪物の欺瞞《ぎまん》に物狂わしくなっていたのだ。

翌日の夕方頃まで待っても、愛之助が帰らぬので、昨夜の恐ろしい顔色といい、どうもただごとではないという気がされて、もう居ても立ってもいられなくなった。

そこで芳江は、東京では夫君の最も親しくしている品川四郎をたずねて相談して見ようと思い立った。もしかしたら品川のところに泊まり込んでいないとも限らぬのだから。

で、支度をして、婆やに留守を頼んで、いつも乗りつけのタクシーの帳場まで、二丁ばかりの道を歩いて行くと、これはどうだ。まるで申し合わせたように、向こうからその品川四郎がやって来るのに、バッタリ出会ったのである。

「まあ、品川さん」

「どちらへ」

「お宅へお伺いしようと思って。実は青木が変な様子で外出したまんま、帰りませんものですから、もしやお宅にでもと思いまして」

「ああ、そうでしたか。いや、御心配なさることはありませんよ。実は麻雀の手合わせがありましてね、池袋のある家に居続けなんです。僕も昨夜はそこで泊まったのですが、今日も仕事をすませて、これからそこへ行くところなんです。で、あなたをお誘いしようと思いましてね。皆《みん》な御存知の連中です。いらっしゃいませんか。青木君も歓迎するにきまってますよ」

「まあ、そうでしたの。じゃ、あたし、どうせ出かけたのですから、このままお供《とも》しますわ」

というわけで、両人肩を並べて、タクシーの帳場に向かったことであるが、これは又どうしたというのだ。この品川は一体全体どの品川なのだ。

彼の言葉が一から十まで嘘《うそ》っ八《ぱち》なことは、読者がよく知っている。だが、例の幽霊男の方は青木に殺されてこの世にいないはずだ。では、ほんとうの品川四郎が、こんな嘘をついて芳江をおびき出そうとしているのだろうか。行く先は池袋だ。池袋といえば例のラスト・マーダラアの跳梁《ちょうりょう》した怪屋の所在地だ。この男はどうやら芳江をそこへ連れ込もうとしている様子である。まさか本物の品川がそんな真似をするはずはない。青木が池袋にいるなんて嘘をいうわけがない。では、ここにいる男は、幽霊男でもなく、ほんとうの品川四郎でもないとすると、奇怪奇怪、又しても全然別な第三の品川四郎が出現したのであろうか。変な云い方だが、品川という男、一体いくつ身体

を持っているのか。(だが、読者諸君、あんまりばかばかしいと怒ってはいけない。この謎はじきにあっけなく解けるのだから)

途中何のお話もなく、車は池袋のとある一軒家に着いた。案の定それは例の怪屋であったが、芳江はそれとも知らず、品川そっくりの男のうしろから、そのうちへはいって行った。

「まあ、妙なうちですこと。まるで空家じゃありませんか」

芳江は家具も何もない、ひどくほこりのたまった、ひろい板底の部屋を見廻して、不気味そうに尋ねた。

「青木はどこにいますの」

品川そっくりの男は、うしろ手に、ピチンとドアの鍵をかけて、ニヤニヤ笑いながら答えた。

「青木？　青木と申しますと」

「まあ……」

芳江は唇の色を失って、立ちすくんでしまった。非常に恐ろしいことが、――今自分の前に笑っているのは品川と非常によく似た別人だということが、薄々わかって来たからである。

「あなた、どなたですの。品川さんじゃありませんの」

かわいた唇で、彼女はやっといった。

「品川四郎。ああ、あの好人物の科学雑誌社長のことをおっしゃっているのですか。違いますよ。僕はあの人の影なんです。影だから名前はありません。つまり第二の品川ですね。しかし、本物よりはちっとばかり利口なつもりです」

怪物は丁寧な言葉で、たえず微笑を浮かべながら、こともなげに説明する。

「不思議ですか。不思議でしょう。ね、思うでしょう。双生児ででもなければこんなよく似た男が二人いるはずはないと思うでしょう。そこですよ、そこに我々人間の大きな弱点があるのです。古来犯罪者たちが、どうしてこの大きな弱点を見逃していたか、私は気が知れませんよ。これを利用しないのは嘘じゃありませんか。これを利用すれば、どんな大仕事だって、国家というものを根底からくつがえすことだって、或いは全世界を一大動乱に導くことだって、造作はないのですよ。たとえば、この僕が品川四郎ではなくて、彼の百層倍も偉い人物とそっくりの顔をしていたと考えてごらんなさい。……ね、わかるでしょう、それがどれほど恐ろしい意味を持っているか……」

彼はだんだん演説口調になりながら、この美しい聞き手を前にして、いい気持になって、何事かをしゃべろうとしていた。もう少しほうっておけば、どんな恐ろしい秘密を打ち明けたかも知れないのだ。だが、折角のところで、とんだ邪魔がはいってしまった。

一寸だめし五分だめし

その時、上《うわ》の空《そら》で、悪魔の演説を聞いていた芳江が、何を見たのか、突然「ヒー」というような恥も外聞も忘れた悲鳴をあげて、一方の壁へ、蜘蛛《くも》のようにへばりついてしまった。

「おや、どうかしましたか」

男はわざとビックリした様子で尋ねたが、彼女が驚くことは最初から予期していたのだ。

「ああ、あの床の赤黒い痕《あと》ですか。御想像の通り血ですよ。ハハハハ、だが、血は血でも、人間のじゃありません。動物のでもありません。お芝居に使う紅《べに》ですよ。ほら、これです。ごらんなさい」

彼は云いながら、ポケットから小さな膠玉《にかわだま》を取り出してハッシと壁にぶっつけた。膠が破れて濃い血のりが、その壁が生きた人間の胸ででもあるように、タラタラと流れた。

「ハハハハ、わかりましたか。これは僕の大切な武器なんです。空《から》のピストルと血の膠玉、この二つの道具で、イザという時には、僕はわざと相手に撃たれて胸のシャツの中でこれをつぶして、死んで見せるのです。その方が相手を殺すよりは、安全だし、興味も深いではありませんか。僕が死んだと思って狼狽する相手の様子をながめてやるだけでも、ね。ハハハハ」

男はさもさも面白そうに笑いつづけたが、やっと笑いやむと、又饒舌を続ける。

「といっただけではわからないでしょうが、実は昨晩、ちょうどあの血の痕のついている辺で、僕はあなたの旦那様のために殺されたのですよ。旦那様はね、目がくらんでいらっしゃったものだから、僕の上手なお芝居にだまされて、ほんとうに殺人罪を犯したと思って、気違いのようになってしまいなすった。そして、やけくそになって、吉原のバーを呑み歩いていらっしゃるところを、僕の部下のものがお連れして、今ある秘密な場所に、おかくまいしてあるのですよ。つまり、ここはその人殺しが行われた痕なのです。しかしね、僕が撃たれたのはお芝居でしたが、ここの家ではお芝居ばかりが行われるわけでもないのです。もっと恐ろしいことも、紅でない血の流れることも、ないとは限りません」男はそこでニヤニヤと大きく笑った。「実を云いますとね、あなたの旦那様は、そのほんとうの血の流れるところをご覧なすったのですよ。ホラ、見えるでしょう。あの庭の大きな松の木によじ登ってね。で、僕はその口留めをするために、あの人に殺されることにしたのです。そう仕向けたのです。うまく成功しました。そこであの人の犯人と目ざす男は死んでしまい、あの人自身殺人の大罪を犯したと信じきって半狂乱の体《てい》なんです。何とうまい方法じゃありませんか。こんな膠玉が、すばらしい二重の効果をあげようとは」

怪物はそこまで云って、じっと芳江の表情をながめていたが、薄気味のわるい調子で、

「ああ、あなた震えてますね、こわいのですか。僕がこんなに何もかも打ちあけてしまうのがこわいのですか。こうして平気で種明かしをする裏には、どんな下心があるかということを見抜いていらっしゃるのですね。あなたほんとうにお察しがいい。ご想像の通りですよ。しかし、そんなに壁にくっついていなくともよろしい。今すぐというわけではないのです。大切《だいじ》な獲物をそうむざむざと殺してしまうような僕ではありません。もっともっとあなたに聞かせておくことがあるのです。さア、こちらへお寄りなさい」

怪物の触手《しょくしゅ》のような猿臂《えんぴ》がニュッと伸びて、芳江のやわらかい頸筋をつかみ、ね

ばっこい力強さで、彼の身近に引き寄せた。芳江は身体じゅうの力が抜けて、叫ぶことも抵抗することも出来ず、ただもう悪夢にうなされている気持だった。

「僕は最初からこんな悪党ではなかった。ただ、あの威張りかえった科学雑誌社長さまを、からかってやれというくらいの気持で映画の群衆にまじって、この顔を画面に大きく写して見せたり、ある秘密な家でわざと僕の変てこな姿を隙見させたりして喜んでいたのですが、そこへあなたの旦那様というものが出て来た。そして当の品川四郎よりも、僕というものの存在を、不思議がる興味を持ち始めたのです。そこで、こいつからかってやれと、あなたと声のよく似た娘を手に入れて、逢引きのお芝居をやって見せたところが、あの人はまんまと引っかかって来たのです」

「ね、どうです。すばらしいじゃありませんか。僕もまさかこれほどうまく行くとは思っていなかった。それが、堂々たる科学雑誌の社長様と、探偵好きで猟奇家のあなたの旦那様と、まったくおあつらえ向きの稽古台《けいこだい》で、首尾よく成功したじゃありませんか。この調子なら何をやったって大丈夫だと、僕は非常な自信を得た。そこで、今までは夢の中でだけやっていたことを、実行し始めたのです。どんな帝王でも真似の出来ないような快楽にふけり始めたのです。そして、それが世間にバレた時には、ちゃんと罪を引き受けてくれる人がある。僕は此の世に籍《せき》のない男です。品川四郎の影でしかないのです。つまり僕の罪はすべて品川四郎が負ってくれるわけなんです。なんとすばらしいではありませんか」

「快楽って一体何だとお聞きなさるのですか。それは今にわかります……ところで、お話の続きですが」と彼は一層強く芳江を引き寄せ、頬ずりせんばかりにして、「そうして、あなたの贋物《にせもの》と逢引きのお芝居をやっているうちに、妙なものですね、贋物ではあき足りなくなって来た。本物のあなたが欲しくなって来た。でね、あなたの旦那様をあんな目にあわせたのも、一つは僕の秘密をかぎつけられたためでもあったけれど、真底の気持をいうと、僕の邪魔者を追い払っておいて、あなたをほんとうに僕のものにしたかったのですよ。ああ、あなたは冷たい手をして震えてますね。頸筋に細かい美しい汗の玉が吹き出してますね。何て可愛いんでしょう。サ、あちらの部屋に楽しい遊戯の席が準備してあります。行きましょう……あなた想像できますか。その遊戯がどんな種類のものだか」

そして、哀れな小雀《こすずめ》は、このえたいの知れぬ怪物の小脇にしめつけられたまま、別室へと連れられて行った。そこで何事が行われたかは、誰も知らない。だがおそらくは誰もが想像する通りであったに相違ない。我々はかつて青木愛之助が、松の梢《こずえ》から望み見た、あの血腥《ちなまぐさ》い遊戯を忘れることは出来ないのだ。

今様片手美人

右の出来事があってから、数日の後、気候をいうと、この物語の最初からすでに半歳ほど経過した五月も終わりに近い、蒸し暑いある一日のことであった。

牛込《うしごめ》の江戸川《えどがわ》公園の西のはずれに、俗称大滝《おおだき》という、現在では、殺風景《さっぷうけい》なコンクリートの水門にすぎないが、しかしやっぱり大滝のように水の落ちている箇所がある、武《む》蔵野《さしの》の西から流れて来た小川が、そこで滝になって、昔は桜の名所であった江戸川となり、大曲《おおまがり》を曲がって、飯田橋《いいだばし》のところで外堀《そとぼり》に流れ込んでいるのだ。

その大滝のそばには、数軒の貸舟屋があって、夏の夕涼みに小舟をあやつる人も多く、郊外のちょっとした名所になっているのだが、その日は今もいった晩春の蒸し暑い日であったので、もう近所の子供らが、舟を借り出して、浅い濁水《だくすい》に棹《さお》をあやつり、大滝の真下の渦巻き返す激浪《げきろう》とたたかって打ち興じていた。中には、気早にも、もうすっ裸になって、汚ならしい水に飛び込む、野蛮人みたいな腕白《わんぱく》小僧たちもあった。

大滝は巾十間、落差二丈もあるだろうか、巨大なビイドロのごとき落ち口、白浪相《あい》嚙《か》む滝壺《たきつぼ》、四隣を震わす鼕々《とうとう》の音、小さいながらも、滝というものの美しさをすべて備えていた。高が水門と油断をして、滝壺へ舟を近づけ、つい命を奪われるものも、年に一人や二人はある。滝壺は非常に深くて、その底に何やら魔のものがすんでいるなどと、あらぬ怪談さえ生まれて来るのだ。

だが、土地の子供は河童《かっぱ》だ。危険な箇所を心得ていて、恐れもしないで、泳ぎをやる。で、その時、一つの小舟から、クルクルとすっ裸になった十五、六才の餓鬼《がき》大将が、まっ黒な身体を逆さにして、ドボンと滝壺近くの深みへ飛び込んだのである。

「待ってろよ。いいものを探して来てやるから」

少年は舟の上の仲間に、そう怒鳴っておいて、海豚《いるか》のように身をくねらせて、水底深くもぐって行った。舟遊びの人が落とした財布などが、時として底の泥深く埋まっていることがあるからだ。

彼は水中に目を見開いて、底へ底へと下って行った。海底のように藻《も》の林はないけれど、そのかわりに木切れ、藁束《わらたば》、ドロドロの布屑《ぬのくず》、犬とも猫とも知れぬ小動物の白骨などが、にごった水底にブヨブヨとうごめいているさまは、海などよりも一層不気味に物すごかった。

滝壺の真下を見やると、二丈の高さから落ちる幾百石《こく》の水がそのまま、深い底近くまで巨大な柱になって、余勢がつきると、無数のまっ白な泡とくだけ、ふつふつと水面に向かってたぎりのぼっている恐ろしい有様だ。

だが、見なれた少年は何とも思わない。それよりも水底の雑物《ぞうもつ》の間に、何か舟の仲間へのおみやげになるような品物が落ちていないかと、息の続く限り、泥の間を泳ぎ廻っていた。

ふと見ると、五、六間向こうの泥の中から生えてヒラヒラしている白いものが目についた。幾百度と数えきれぬほど同じ水底にもぐっている少年だが、こんな変てこな感じのものにお目にかかったのは初めてだった。動物の骨ではない。もっと太くて、グニャグニャして、何となく生きているように思われるのだ。

彼は好奇心を起こして、そのものに近づいて行った。水の層をかき分けるごとに、そのものの姿はハッキリして来た。泥水の底のことゆえ、あたり一帯、場末の電力のとぼしい映画みたいに、異様にドス黒い。その中に、クッキリと青白いそのものが、ほんとうに泥から生えた感じで、五本に分かれた先端が、水をつかんでもがいている。

生きた人間の、恐らくは女の、断末魔《だんまつま》の苦悶の手首だ。それが、泥から一本、ニョッキリと生えてもだえているのだ。

少年の身体が敵にあった海老《えび》みたいに、非常な速度で水中にもんどり打ったかと思うと、彼は七転八倒《しってんばっとう》の有様で、水面に浮き上がり、したたか飲んだ泥水を、ゲロゲロと

吐《は》き出した。そして、やっと口がきけるようになると、舟の上の仲間たちに向かって、

「人、人、人が死んでる」

と、どもりどもり怒鳴った。

少年自身が死人のように青ざめている。

「ほんとう？　死んでるの？」

「わからない。まだ動いていた」

「じゃ、早く助けてやろう。みんな、手伝って助けてやろうよ」

勇敢な一人が、意気ごんで云った。河童少年たちの間に、英雄的な気持がわき起こった。

「助けてやろう、助けてやろう」

一同口々に叫んで、着物をかなぐり捨てて、競泳のように、次々と、ドボンドボン飛び込んだ。

都合四人、赤黒くスベスベした身体が、泥水の中をななめに底に向かって突き進んだ。

同勢に力を得た最初の少年は、負けぬ気になって、覚えの場所へもぐりつくと、白いヒラヒラしたものを、思いきって、グッとつかんだ。つぎにつづいた一人も、争うよ

うにそれをつかんだ。ブヨブヨと薄気味わるい手触り。勢いこめてグイと引っぱると、何の手応えもなく、スッポリと抜けた。

手ばかりで胴体はなかった。それが何かのはずみで、泥から生えた恰好になっていたのだ。

少年たちは舟に戻った。青白い女の片腕は舟の胴《どう》の間《ま》にほうり出された。鋭利な刃物で切断したのか、切り口は見事である。桃色の肉にまかれて、白い骨が、ちょっぴりとのぞいている。一本の指にキラキラ光るのは、こまかい細工の白金の指環《ゆびわ》である。ムッチリした指に深く食い入っている。

それからの騒ぎは細叙する迄もない。子供たちの知らせに、貸舟屋の小父《おじ》さんが驚いて交番にかけつけた。所轄《しょかつ》警察署から数名の係り官が出張し、人をやとって水中を隈なく捜索させたが、右の一本の腕(左腕であった)のほかには何物も発見されなかった。

それの沈んでいた場所で投げこまれたものか、ずっと上流に投げ棄てられたのが、流れ流れて、水門を越して、滝壺にとまっていたのか、諸説まちまちであったが、大滝附近に人殺しなど行われた様子のない所を見ると、おそらく、後説が当たっているであろうと、一巡査が貸舟屋のおやじに語った。

生腕《なまうで》は所轄警察をへて、鑑定のために警視庁へ廻された。翌日の新聞が、この記事でにぎわったことは申すまでもない。行倒れや乞食の腕ではないのだ。なまめかしい女の腕しかも、指先に手入れの行き届いていること、白金の指環などが、豊かな育ちの、若く美しい女を想像させるのだ。好奇的三面記事にはおあつらえ向きであった。ある新聞の編集者は「今様片手美人」という見出しをつけた。つまり片腕を切り落された美婦人が、東京のどこかにまだ生きているというまことに奇怪な空想をほのめかしたものである。彼は恐らく涙香《るいこう》小史《しょうし》翻案《ほんあん》するところの探偵小説「片手美人」の愛読者であったに相違ない。

名探偵明智《あけち》小五郎《こごろう》

右の出来事の翌日、明智小五郎は警視庁に馴染《なじみ》の波越《なみこし》警部(当時彼は捜査課の重要地位についていた)をたずねて人を避けた一室に対談していた。

これは偶然の一致である。明智小五郎は何も「美人片手事件」に特別の興味を持っていたわけではない。当時世を騒がせていたもっと別な事件について、彼自身その捜査の主役を演じていたものだから、自然捜査課をおとずれることもあったのだ。ことに波越警部とは、「蜘蛛男《くもおとこ》」以来のなじみゆえ、お互いに遠慮のない話もはずむのである。

そこへ、取り次ぎ役の巡査がはいって来て、鬼警部の前に、おそるおそる一葉の名刺を差出した。

「科学雑誌社長、品川四郎、ほオ、妙な人が尋ねて来たな。話でも聞かせろというのかな」

「裏に用件が書いてございます」

巡査がいった。

「大滝にて発見された婦人片腕事件につきぜひぜひお話し申し上げたく。フン、例の片腕事件だ。何かあるかも知れんね。明智さん」

「その人、知っているの？」

「ウン、面識《めんしき》はある。親しいほどではないんだが、一度会ってみよう」

「じゃ、僕は遠慮しようか」

「いや、いや、かえっていてくれるほうがいいよ。又、君の知恵を借りることがないとも限らぬ。ハハハハ」

とこれは鬼警部のてれ隠しである。彼は明智小五郎を畏敬《いけい》しながらも、刑事上がりの老練家として素人探偵の助力をたよることを、日頃から、いささか不面目《ふめんもく》に感じているのだ。

やがて巡査の案内で読者諸君に馴染の品川四郎がはいって来た。さも科学屋さんらしく、黒の上衣《うわぎ》に縞《しま》のズボンの固くるしい服装だ。一応挨拶がすむと、彼は早速用件にとりかかった。

「実は行方不明の女があるのです。もう五日ほどになります。いや、女ばかりではありません、その婦人の亭主も、女よりも一日二日早く、どこかへ姿を消してしまったのです。青木愛之助といって私の友人なのですが、今朝の新聞を見るまでは、大したこととも思っていませんでした。青木という男はひどく気まぐれで、それに本宅は名古屋だものですから、黙って帰ってしまったのかも知れないくらいに考えて、実はまだ警察へもお届けしていない始末です。

「ところが昨日、問い合わせてあった名古屋の実家から、まだ帰らぬという返事を受けとる、その今朝、例の新聞記事です。どうもとんだことが起こったのではないかと非常に心を痛めている次第です。と申しますのは、新聞に出ている女の指にはまっているという指環ですが、あれがその今いう青木の妻の芳江のものとそっくりなのです。で、もしやと思いまして、私その指環をよく見覚えているものですから、実物を一度拝見したくて、お伺いしたわけなんですが」

「そうでしたか。よくおたずね下さいました。早速お目にかけましょう」

耳よりな話に、警部はすでに犯罪の手掛りをつかんだかのごとく喜んで、自らそれを保管してある一室へ行って、一巡査に瓶詰《びんづ》めの片腕を持たせて帰って来た。

覆いの白布をのけると、瓶の中に、防腐液《ぼうふえき》につけた、不気味なものが指を上にして、生えたように立っていた。

「ごらんなさい。この指環です」

品川は机の上に置かれた瓶に顔をよせて、しばらくながめていたが、防腐液がにごって、ハッキリわからぬので、警部にことわって、瓶を窓際に持って行き、蓋を取って、しばらくのあいだ綿密にしらべていたが、見きわめがついたのか、元の席に戻ると、やや青ざめた顔をして、

「やっぱりそうでした。間違いなく青木芳江の腕です」

と低い声でいった。

「見違いはありますまいね」

波越氏も真剣な調子である。

「決して。この特殊の彫刻は、青木君の好みで、わざわざ彫《ほ》らせたものですから、芳江

以外の人がはめているはずはないのです」

品川氏はそういって、又瓶の置いてあるところへ立って行って、入念に検査していたが、やがて、深い溜息と共に瓶の白布を元のようにかぶせて、

「恐ろしいことだ。恐ろしいことだ」

とひとりごとをいった。その調子が何かしら意味ありげに聞こえたので、警部はのがさず、

「思い当たることでもおありなのですか」

と尋ねた。

「あるのです。実はそれもお話しするつもりで伺ったのですが、あまり変なことなので、私の言葉を信じていただけるかどうか、あやぶむのです」

「ともかく伺いましょう。むろん犯人についてでしょうね」

「そうです。突然申し上げると、こいつ気でも違ったのか、夢でも見ているのかと、お疑いなさるか存じませんが、この事件の裏には、おそらく私と寸分違わない、誰が見ても私と同じな、もう一人の私が糸をあやつっていると信ずべき理由があるのです」

「何ですって、おっしゃる意味がよくわかりませんが」

警部が変な顔をして聞き返した。そばに聞いていた明智小五郎も、この異様な話に

興味を覚えたのか、品川四郎の顔を穴のあくほど見つめている。

「いや、おわかりがないのはごもっともです。私だって、最初は、自分の頭がどうかしたのかと疑ったほどです。しかし私はもう半年もの間、その、私と寸分違わない怪物のために悩まされているのです。私だけではありません。今申し上げた青木君もこのことはよく知っているのです。実をいいますともう長い間、私は、こんなことが起こりやしないか起こりやしないかと、ビクビクものでした。その私と同じ顔の男が、ひどい悪党であることがよくわかっているものですから。今度の事件だって、そいつの深いたくらみです。殺されたのは私の友人の細君、いや細君ばかりじゃない、青木君自身だって、今頃は生きているか死んでいるかわかったものではありません。両人共私と関係の深い人です。その下手人《げしゅにん》が私と寸分違わない男だったとすると、どういうことになりましょう。さしずめ疑われるのはこの私です。ね、この私です。私はそれが恐ろしいのです。で、よく事情をお話しして、悪人の先《せん》を越して、私自身はこの事件に何の関係もないということを、ハッキリ申し上げておくために急いで伺ったようなわけなのです」

「伺いましょう。出来るだけくわしく話してみて下さい。ここにいるのは、御承知かも知れませんが有名な民間探偵の明智小五郎氏です。お話しのような事件には、明智君もきっと興味を持たれることと思いますから」

品川氏は明智と聞いて、チラとその方を見て、ちょっと赤面した。なぜかわからない。明智の優《すぐ》れた才能を知っていて、この思いがけぬ出合いを喜んだのかも知れない。

彼は長い物語を始めた。それはすべて読者の知っていることだから、ここには省略するが、場末の映画館で観た怪写真のこと、新聞の写真に顔を並べた二人の品川四郎のこと、赤い部屋の驚くべき対面のこと、そのもう一人の品川が青木の細君と道ならぬ関係を結んでいたらしいこと、青木がそのため非常に悩んでいたこと、一週間ばかり前（それが青木の顔を見た最後なのだが）彼が夜ふけに突然訪ねて来て、

「君は確かに品川君だろうね。生きているんだね」

と妙なことを口走ったまま、ポイとどこかへ立ち去ってしまったこと、間もなく細君の芳江が行方不明になったこと、その時青木の住所の附近で、品川と芳江が肩を並べて歩いているのを見かけたものがあること、等、等、等を詳細に物語り、そういうわけだから、この両人の行方不明事件の裏には、あの怪物がいるに違いない。しかも、その恐ろしい罪を本物の品川四郎に転嫁《てんか》しようとたくらんでいるに相違ないと結論したのである。

この奇怪千万な物語が、波越氏を、又明智小五郎をも、打ったことは確かである。波

越氏のごときは、赤ら顔を一層上気させて、熱心に聞き入っていた。

物語を終わって、聞き手が事情をのみこんだと見ると、品川氏はホッと安堵の体《てい》で、

「いつでも必要な時には呼び出して下さるように」と言葉を残して暇《いとま》を告げて立ち去った。

「小説みたいな話だ。双生児《ふたご》でなくて、そんな寸分違わぬ男がいるなんて信じられんような気がするがね」

波越氏は品川の言葉に従って手配を運んだものかどうかと迷っている様子だ。

「非常に面白い。信じる信じないは別として、これはばかに面白い事件らしいよ」

明智はいたずらっ子みたいな表情をしていった。

「面白いには面白いが」

「いや、僕のいうのは、君の意味とは違うのだよ。今の男は少なくとも手品にかけては、玄人《くろうと》も及ばぬ手腕を持っているということだ」

「な、なんだって」

明智が変なことをいい出したので、波越氏はちょっと面くらった形である。

「まあ、その腕のつけてある瓶をしらべて見るがいい。君は話に夢中になって、あの男の挙動を注意しなかったようだが、あいつ大変なやつだよ」

波越氏はそれを聞くと、ハッとしたように立ち上がって、窓際に近づき、瓶の覆《おお》いの白布を取りのけて見た。同時に「アッ」という叫び声。瓶の底に、一本の指が切り離されてフワフワとただよっている。

指環がなくなっている。警部はあいた口がふさがらなかった。

「実にうまい手品師じゃないか。指環の彫刻をしらべると見せかけて、すばやく指を切って、指環だけ抜き取ってしまったのだ。大切な証拠を抜き取ってしまったのだ。指に食い入っているので切らねば抜けなかったのだよ」

「それを君は」警部はまっ赤になって怒鳴った。「知りながら黙っていたのか」

「ウン、あんまり見事な腕前に見とれてね。だが、安心したまえ、指環はここにある」

明智はそういって、チョッキのポケットから白金の細い指環を出して見せた。

「いつの間に？」

「あの男を戸口へ見送りに立つ時さ。あいつ、まさかここにもう一人手品使いがいるとは知らなかったろう」

「ああ、又君の酔狂《すいきょう》か。それはいいが、肝腎《かんじん》のあいつを逃がしてしまったじゃないか。指環よりもあいつの方が大切だ、証拠湮滅《いんめつ》にやって来るからには、あいつこそ犯人かも知れない」

「僕はそうは思わぬ。指環のなくなったことはすぐに知れるのだ。それを顔をさらして盗みに来るやつが真犯人だろうか。まさかそんな無茶をするやつはあるまい。多分部下のものだよ。今騒ぎ立てたら、大物は逃げてしまう。まあ、あわてなくてもいい。これはひどく面白そうだから、僕も一《ひ》と肌《はだ》ぬぐよ。いや、あいつを追っかけるのはよしたまえ。このくらいの犯人になると、黙っていても向こうから接近して来るものだよ。現に今の仕事だって、見方によればわれわれに対する挑戦じゃないか」

如何にも犯人が警察に戦いをいどんだのは事実であった。だが、そのほかの点では、さすがの明智もとんだ思い違いをしていたのだ。それほど犯人のやり方がずば抜けていたのだ。明智の思い違いは間もなくわかる時が来た。そんな議論をしている間に、三十分ほど無駄な時間が過ぎた。そこへさい前の取り次ぎ巡査が、変な顔をして、又名刺を持って来た。

「品川四郎」

今度のは科学雑誌社長の肩書がない。

「今の男じゃないか」

「そうのようです」

「そうのようですって、顔を見ればわかるじゃないか」

「ええ、しかし……」

巡査はなぜか妙な顔をして、答えかねている。

「ともかく、引っぱって来たまえ。逃がしちゃいかんよ」

警部はきびしい調子で命じた。

待つほどもなく、品川四郎がドアのところに現われた。取次巡査はそのうしろに、逃すまいとがんばっている。

「何かお忘れものでも？」

警部は強いて笑顔を作っていった。

「え？」品川はどぎもを抜かれた形だ。

「君は三十分ほど前に、指環を抜き取って帰ったばかりじゃありませんか。途中で指環を落としたとでもいうわけですか」

「え、僕が三十分ほど前に、ここへ来ましたって。この僕が？」

品川氏は何が何だかわからぬ様子であったが、間もなく部屋の空気や警部の表情から、ある恐ろしい事実を察して、サッと顔色を失い、その場へ棒立ちになってしまった。

「あいつだ、あいつに先《せん》を越されたのだ」

品川氏はうつろな眼で一つところを見つめたまま、ぶつぶつとつぶやいていたが、やがて気を取り直して、

「よく見て下さい。この僕でしたか、こんな服装をしていましたか」

いわれて見ると、同じ黒の上衣、同じ縞ズボンではあったが、地質《じしつ》や縞柄が違っていた。真に夢のような出来事である。あまりのことに主客とも一座しんと静まり返ってしまった。

「すると、あいつ、何から何までほんとうのことをいったのだな。僕たちを瞞着《まんちゃく》する夢物語ではなかったのだな」

さすがの明智小五郎も、この想像のほかの奇怪事に、思わず席を立って、まっさおになって叫んだ。彼はかつてこのような侮辱を蒙《こうむ》った経験を持たなかったのである。

マグネシューム

滑稽なお茶番、だが考えて見ると、世の中にこれほど恐ろしいお茶番はない。結局、先の品川は大胆不敵な偽物であって、きゃつこそ当の殺人者であることが明らかになった。

本物の品川の詳細なる陳述、ならびに証拠物件の提出によって（証拠物件というのは、例の幽霊男の写っている夕刊の切り抜き、青木から品川にあてた事件に関する手紙、愛之助の書斎で発見した日記帳などであった）警察当局もこの摩訶不思議《まかふしぎ》を信じないわけにはいかなかった。

そこで、青木の日記帳でわかった池袋の怪屋をしらべたり、麴町の例の淫売宿《いんばいやど》の主婦をたたいて見たり、出来得る限りの捜査を続けたが、幽霊男の方ではそんなことはとっくに予期していたところ、どこを探しても、髪の毛一本の手掛りさえなかった。

約一カ月の間、幽霊男は不気味な沈黙を守っていた。美人片腕事件で、線香花火のように、パッと世間を騒がせておいて、そのまま尻切れとんぼになってしまった。

波越鬼警部と明智小五郎の面前に、突如姿を現わして、不敵の挑戦を試みたほどの彼、警察の捜査を恐れて鳴りをひそめたのではない。何かしら非常に大がかりな陰謀をたくらんでいる。その準備時代なのではあるまいか。少なくともここに一人、科学雑誌社長品川四郎は、それを確信していた。彼はなんでもない人に言葉をかけられただけでも、ビクッとして飛びあがるほど、神経過敏になっていた。

果然《かぜん》、品川の予想は的中した。一カ月の後、七月半ばのある夜のこと、幽霊男は、実に奇妙な場所で奇妙な仕草をしているところを発見された。しかも、そんな奇妙な仕草をしながら、彼は一体何をしていたのか、どんな犯罪が行われたのか、少しもわからないという非常にへんてこな事件なのだ。

その夜ふけ、A新聞社会部の記者と写真部員とが、肩を並べて、麹町区の淋しい屋敷町を歩いていた。A新聞では当時「大東京の深夜」という興味記事を連載していて、この二人の記者は今夜少し方面を変えて、富豪街探訪を志したのであった。

彼等が今さしかかった町は、富豪中の富豪街、片側は何侯爵の森林みたいな大邸宅、片側は見上げるような高い石垣の上に、ずっと一丁ほどもコンクリート塀の続いた、千万長者宮崎常右衛門《みやざきつねえもん》氏邸の豪壮な構えだ。

「この途方もない石垣の下の溝の中に、菰《こも》をかぶって寝ている乞食婆さんという図はどうだい」

「フフン、こんなところに乞食がいるもんか。それよりはこの高い塀を乗り越えている泥棒でも想像した方が、よっぽどいい景色だぜ」

彼等がそんな冗談をささやきながら、坂を下って行くと、とぼしい街燈の光の届かぬ暗闇に、何かしらうごめくものを発見した。鋭敏な新聞記者の神経にハッとある予感が来た。

「シッ、何かいる、隠れるんだ」

両人は石垣を這うようにして、前方をすかし見ながら、ソロソロと進んで行った。泥棒だ。何とまあ、今その話をしていたばかりじゃないか。ちょうど坂の下から、石垣の一番高い箇所だ。その石垣の上にご丁寧にコンクリート塀が立っているので、全体の高さは二丈もある。そのかわりに最も光に遠く、彼等の仕事には屈強《くっきょう》の場所だ。見ると塀の頂上から一本の縄がさがり、それを伝って一人の覆面《ふくめん》の男が今降りているところだ。下には二人の洋服姿の見張りの相棒が待ち構えている。

塀を降りる男は、何かべら棒に大きな荷物を背負っている。

「相手は三人だ。騒いじゃ危ないぜ」

「だが、残念だなあ。ここの家へ知らせてやる間はないかしら」

「だめだめ。門まで一丁もある」

二人の記者は蚊《か》の鳴くような声でささやき合っていたが、そこは商売がら、機敏に働く頭だ。

「オイ、妙案があるぜ」

と写真部員が相手の肩をたたいた。

それから二、三秒の間ボツボツとささやき合っていたが、やがて何を思ったのか、泥棒たちの方へ、ジリジリ近づいて行った。十間、五間、三間、もうそれ以上進めば相手に気づかれるというきわどい近さにせまって行った。

覆面の男はやっと地上に降り立って、大きな荷物を下の男の背に負わせたところだ。

「上首尾《じょうしゅび》だったね」

「ウン、だが、べら棒に重かったぜ」

「そりゃ重いさ。慾と栄養過多でふくれ上がっているんだからね」

覆面の男が巧みな手つきで、縄をさばいて、手元にたぐり寄せた。

その時である。ポンと異様な音がして、そのまっ暗な屋敷町が、一瞬間白昼のように明るくなった。

いうまでもなく、写真部員がマグネシュームをたいたのだ。なぜそんなことをしたか。泥棒を驚かせるためか。それもある。だが、彼は同時に、写真機のシャッターをも握ったのだ。つまり犯人の写真をとったのだ。

計画は図に当たった。いくら何でも、そんな真夜中の往来に写真師が出現しようとは思わぬ。泥棒はただ、異様な爆音と、目もくらむ火光に仰天してしまった。

中の一人は、用意のピストルを取り出して、暗闇に向かって発砲しようとしたが、たちまち他の二人に押しとめられた。手向かいすれば一そう騒ぎが大きくなる。そのうちには応援の人数もふえるわけだ。このさい彼らのとるべき手段は、ただ逃げることだった。自動車の待っているところまで、息の限り走ることだった。彼らは、荷物を背おった男を中にはさんで、両方から助けるようにして、一目散にかけ出した。

逃げる相手を見ると、写真部員はうれしがって、彼らの背中から、一発、ポンとマグネシュームをたいた。

「追っかけようか」

「よせよせ、ちゃんと現状写真をとってしまったのだ。あわてることはない。それよりも、このことをここの家へ知らせてやろうじゃないか」

ということになって、門の方へ引き返そうとした時、チラと記者の目を射たものがあった。

「オイ、奴さん達、何だか落として行ったぞ」

「ウン、走って行くやつのからだから、何か落ちたようだね。ハンカチかも知れない」

「そうじゃない。紙切れのようだ。ともかく拾っておこう」

記者は十間ばかり走って行って、賊の落とした紙切れを拾って来た。

「何だか書いてある。証拠品になるかも知れない」

二人は、いちばん近くの街燈の下まで戻って、紙切れの文句を読んで見た。

首　　相　大河原是之《おおかわらこれゆき》……4
内　　相　水野広忠《みずのひろただ》……5
警視総監　赤松紋太郎《あかまつもんたろう》……3
警保局長　糸崎安之助《いとざきやすのすけ》……6
岩淵《いわぶち》紡績社長　宮崎常右衛門……1
素人探偵　明智小五郎……2

(作者申す、右の外十数名の顕官《けんかん》、富豪、最高爵位《しゃくい》の人々、元老(明智だけは例外の素寒貧《すかんぴん》)などの名前が列記してあったのだけれど、くだくだしければすべて略し、名前の下に番号の打ってある六名だけを記すにとどめた、読者察せよ)

「こりゃ何だ。ばかばかしい。高名者番附けじゃないか。つまらないいたずら書きをしたもんだ。元老、内閣諸公を初め、えらい人は漏らさず並べてある。だが、この人選はちょっとうまく出来ているね」

「うまい。実にうまい。俺が考えたって、これ以上には選べないね。ピッタリ的《まと》にあたっている。それにしても明智小五郎は変だね。先生盗まれるようなものを持っているだろうか」

「ハハハハ、お笑い草だ。じゃ早くこの家へ知らせてやろうよ」

写真部員が紙切れを捨てようとするのを、もう一人の記者があわてて止めた。

「待て、その中に宮崎常右衛門の名前があるじゃないか。しかも下に（1）と番号が打ってある。オイ、ここはその宮崎の邸《やしき》だぜ」

「何だって、それじゃ、この人名は泥棒の日程表か。して見ると、明日の晩は（2）の番号の打ってある明智小五郎、あさっては（3）の警視総監のところへはいろうってわけかね。オイオイ、冗談じゃないぜ」

その紙切れは、二人の新聞記者の想像力を越えていたために、ただ滑稽なものにしか見えなかったが、捨ててしまうのも、なんとなくおしい気がしたので、一人がそれをポケットに押し込み、やがて、彼等は宮崎邸のいかめしい門前に立ち戻ると、そこの呼鈴をめちゃめちゃに押し始めた。

赤松警視総監

その翌日の昼前、赤松警視総監は、登庁早々、刑事部長の報告を聞くや、事重大と見て、直接その任にある波越警部を自室に呼んだ。ピカピカ光る大デスクの上には昨夜新聞写真部員の機転で写し得た、宮崎邸の怪賊の現場写真と例の高名者番附の紙切れがのっている。

「この写真に写っている、まん中の男が、例の片腕事件の関係者の品川四郎という者に相違ないのかね」

総監は念を押すようにたずねる。見ると、なるほど、三人のうちの洋服姿の一人は、まさしく品川四郎その人である。

「ハア、品川四郎か或いはもう一人の男かです。しかし、こんな悪事を働くやつは、むろんそのもう一人の男だと思われます」

波越氏はうやうやしくいった。相手は閣下である。年に何度と数えるほどしか直接口をきいたことのない、えらい人だ。

「ウン、例の有名な幽霊男とかいうやつだね」

「そうです。あれ以来まるで消えてしまったような怪物です」

「して、君はこのもう一人の男も見覚えているということだが」

「ハア、私ばかりじゃありません。高等係のものは誰でも知っています。有名な危険人物です」

「共産党員かね」

「それが、党員とハッキリわからないだけに、始末がわるいのです。非常にはしこいやつで、どうしても尻尾を出さないのです。表面ではK無産党に籍を置いております」

「ハハハハ、幽霊男と共産党の握手か。いやはや、奴らもすばらしい武器を手に入れたものだ。ハハハハハ」

総監の豪傑笑いを打ち消すように、警部はニッコリともせず答える。

「いや、実際恐ろしい武器です。私、長年この職に従っておりますが、こんなばかばかしい事件は想像したこともありません。考えれば考えるほど、頭が混乱するばかりです」

「で、こいつらの逮捕《たいほ》は」

「まだです。むろん手配は致しましたが、奴らの巣はとっくにからっぽでした。しかし、たとい逮捕したところが、どうにも仕様がありませんよ。家宅侵入罪のほかは何の罪もないのですから」

「フン、するとやっぱり、何一品盗まれたものはないというのだな」

総監はいいながら、ちらと卓上の写真に目をやった。そこには、一人の賊が、彼のからだと同じほどの大荷物を背負っている有様が、明瞭《めいりょう》に現われていた。

「そうです。私、今朝ほど、宮崎さんご本人にお会いして充分聞きただして来たのですが、宮崎家には塵《ちり》ほどの紛失物もないということでした」

「だが、この荷物の恰好は、どうも品物のように見えるが」

「それです。私もむろんそれに気づきました。この写真ばかりではありません。A新聞の記者は賊共が『そりゃ重いさ、慾と栄養過多でふくれあがっているのだからね』といっているのを耳にしたのです。その言葉から考えますと、どうしても人間としか考えられません。でその方も入念にしらべたのですが、宮崎家の家族や召使いでいなくなったものは一人もいないのです」

「その上に、この連名帳か。ワハハハハ、僕もやがて槍玉《やりだま》に上がるわけだね」

波越氏は総監の高笑いを聞いて、変な顔をした。総監は一体なんと思って、この怪事を笑い飛ばしているのだろう。

「波越君、僕は警察のことにかけちゃ素人だ。だが、時には素人の考えが、君たちよりもかえって正しく物を見る場合がないとも限らんよ」

「とおっしゃいますと」

警部はいささか侮辱を感じて聞き返した。

「この事件についてだね。全然別の見方をすることは出来ないかというのだ……わからんかね。たとえばだ、その品川という人物と幽霊男とが、まったく同一人だと考えたらどうかね」

「え、しますと、最初からいっさいが作り話だったという……」

「そう、僕の考えは常識的に過ぎるかも知らんが、そんな寸分違わぬ人間が、この世に二人いようとは思われぬのだ。僕の五十余年の生涯の経験にかけて、そんなばかばかしい話を真《ま》に受けることは出来ん」

「しかし、しかし……」

「君は通俗科学雑誌の編集者なんてものが、どんな心理状態にあるかを知っているかね。彼等はまじめな学者ではないのだ。いわば小説家だ。珍奇な好奇的なことを集めて、それを読者に誇示《こじ》して喜んでいる手合《てあい》だ。この世間をアッといわせようという心理、それがこうじると、狂的なくわだてもやりかねない。よく知らんけれど、外国の有名な犯罪者に、ちょいちょい何々博士という学者がいる……彼等もつまりアッといわせたい方の学者なんだ。ね、そうは思わんかね」

「しかし確かな証拠が、現に品川と幽霊男とは二、三尺の間近で対面さえしているのです。それも品川自身の申し立てばかりでなく、青木愛之助の日記帳に明記してあります」

「その日記帳は僕も見た。見たからこそ幽霊男の存在を信じなくなったともいえるのだ。というのはあの対面のし方が非常に不自然だ。品川は節穴からのぞいた。その時もう一人の男、青木だったね。その青木は同事に節穴をのぞくことは出来なんだ」

「でも……」

「まあ聞きたまえ。青木は前に一度節穴から品川の姿をのぞいている。だから、その晩は、ただそこへ来た男の身体の一部分を見ただけで、服装が同じために、例の第二の品川と信じてしまったのかも知れない。僕は当時日記を読んで、すぐそれに気づいたが、まだ確信に至らなかった。ところが今度の事件だ。番附みたいな連名帳だ。盗難品のない盗難だ。つまり、科学雑誌社長のつくり出した奇抜な探偵小説だとは思わんかね。共産党員というのも、君達の神経過敏で、品川に雇われたつまらん男達かも知れん。やつがそんな危険人物として名前を売っていれば、お芝居が一層ほんとうらしくなるわけだからね」

実に驚くべき推理であった。波越警部は、老警視総監のハゲ頭から、こんな恐ろしい推理がとび出そうとは、夢にも思わなかった。なるほどそういう考え方も不可能ではない。総監の推理はいかに適確周到なものであったかは、読者諸君が、もう一度この物語の前段「両人奇怪なる曲馬を隙見する」くだりを読み返してごらんなされば、たちまち首肯《しゅこう》出来ることだ。

だが、波越警部の頭には、幽霊男に対する信仰が強い根を張っていた。

「するとあの三浦の屋根裏部屋での対面は、替え玉を使って、品川が青木に幽霊男を信じさせたお芝居だとおっしゃるのですか。又、昨夜の事件も、品川がA新聞の写真部員が来るのをあらかじめ知っていてやったとおっしゃるのですか」

「むろん僕らには、そんな持って廻った狂言をやって喜ぶ男の心持はわからん。しかし、全然見分けのつかぬほど似通った二人の人間を想像するよりは、まだ幾分可能なことに思われる」

「しかし、映画にうつった顔は？　夕刊新聞の写真版は？」

「そう、そんなものもあったね。だが、君、新聞社の写真部に懇意《こんい》な者があれば、写真の群衆の中へ一人の男の顔を手際《てぎわ》よくはめ込んでもらうくらい造作のないことだよ。群衆の中に誰がいたところで新聞価値に影響はないからね。映画の方は、なあに、監督の男と申し合わせて、嘘の日附を書いた手紙を送ってもらったとすれば、たちまち謎がとける」

波越警部は、総監のこともなげな解釈を聞いて、あっけにとられてしまった。この老政治家は何という想像力の持主であろう。豪傑政治家の粗雑な頭と軽蔑していたのは、とんでもない思い違いであった。

「では、では、池袋の空家での婦人惨殺事件は？　青木の行方不明は？　大滝の片腕は？」

警部は最後の抗議をこころみた。

「女の生首は人形であったかも知れない。片腕はどっかの病院の解剖死体の腕であったかも知れない。でなければ警察力をつくして一カ月の大捜索に、何の手掛りも得られぬはずがないじゃないか。少なくとも警視庁の立場としては、そう信じた方が有利のようだね。青木夫妻もだ。まだどっかに生きているという考え方だね。ハハハハハハ」

総監は又笑った。波越氏にはこの変な笑い方がどうも気に食わぬ。その笑い声の奥に何かしらまだ解き明かされぬ物がひそんでいるような気がする。

だが、論理の上ではもはや一言もなかった。もっと有力な証拠を握るまでは、抗弁のしようがない。彼はついに頭を下げた。

「驚きました。総監が一犯罪事件について、これほど綿密に考えていらっしゃるとは、実に我々長年事に当たっている者として、恥じ入るほかありません」

正直な波越警部は、真から参った様子であった。

「ハハハハ、とうとう降参したな」総監は持前の豪傑に返って、磊落《らいらく》にいった。「だがね、波越君、僕を買いかぶってはいかんよ。実はつけ焼刃《やきば》なんだ。智恵をつけてくれた人があるんだ」

「え、何とおっしゃいます」

「明智小五郎さ。ハハハハ、あの男がね、数日前、こんな理論を組み立てて見せてくれたのさ、それを少し修正して用いたまでだ」

「すると」警部はさらにどぎもを抜かれていった。「明智君もそう信じているのですか」

「いや、信じてはいない。信ずべき確証は何もないのだ、ただ、そんなふうに裏から見ることも出来ると報告してくれただけさ」

「それで？」

「それで、明智君自身で、品川四郎の身辺につきまとって監視するというのだ。そして、この次幽霊男が姿を現わした時、本物の品川に怪しい点がなかったら、いよいよこの現代の怪談を信じなければなるまいというのだ。僕はあの男の論理が気に入ったし、こんな迷宮事件は玄人がジタバタするよりも、ひとまず信用の出来る局外者へまかせておいた方が、好都合だと思ったものだから、彼の申し出を承認したわけだ」

「明智君は、どうして私に話してくれなかったのでしょう」

波越氏はやや憤怒《ふんど》の色を現わして、独り言のようにつぶやいた。

「それは君、怒っちゃいけない。君まで明智式の論理に染《そ》んで、油断をしてしまっては、かえって危険だからだ。あの男は、その気づかいのために、わざと君を除外して、僕にだけ報告してくれたわけなんだよ。つまり、表裏《ひょうり》両道から敵を攻めるという戦法なんだよ。ところが昨夜の事件でいよいよこの二つの論理の正否を確かめる時が来た。あの事件は今朝の新聞に小さくしか出ていないから、明智君は知らずにいるかも知れない。で、君自身品川のところへ出かけて、一つ様子を見てもらいたいと思うのだよ」

つまり、総監が波越氏を呼びつけた用件というのは、このことであったのだ。

現場不在証明《アリバイ》

午後一時、波越警部は、神田区東亜ビル三階の科学雑誌編集部のドアをノックした。給仕の案内で、応接間に通る、次に一社員が現われてご用件を承《うけたま》わる、長髪をきれいになでつけ眼鏡をかけた壮年社員だ。

彼は用件を聞いて引きさがると、自身お茶を運んで来て、うやうやしく警部の前に置いた。そして、室《へや》を去る時、なぜか鼻下のチョビ髭に手をあてて、オホンと奇妙な咳をした。どうも自然に出た咳ではなさそうだ。

やがて社長の品川氏が現われた。警部は彼の表情から何事かを読み取ろうと、目をこらしたが、品川はただにこやかに微笑しているばかりだ。決して心に秘密を持つ人の顔ではない。

警部は昨夜の顚末《てんまつ》を手短に物語ると、品川氏はたちまち笑いを納めて震え声になった。

「とうとう現われましたか、相棒がそんな危険分子だとすると、今度は又何か、ひどく大がかりな悪企みを始めたんじゃありますまいか」

だが、彼はただ驚き恐れるばかりで、彼自身の昨夜のアリバイを語ろうとはしない。

老練な波越氏は、心の中で、

「おや、変だぞ、もしこいつが一人二役を勤めている悪人だったら、何はおいても、第一にアリバイの言訳《いいわけ》をするはずだが、そんな気《け》ぶりのないのは、やっぱり明智君の考え過ぎかな」

と思った。で、仕方なくこちらから切り出して、

「昨晩はお宅でおやすみだったのでしょうね」

と尋ねて見た。

「ええ、むろん宅でやすみましたが……ああそうですか。なるほどなるほど、私、ウッカリしておりました」

品川氏はちょっと不快な顔になって、ツカツカとドアのところへ立って行き、それを開いて編集所の方へ声をかけた。

「山田君、山田君、ちょっと来てくれたまえ」

呼ばれてやって来た山田という社員は、さい前警部の前にお茶を運んで、立ち去りぎわに妙な咳をした男であった。

「山田君、この方の前で正直に答えてくれたまえ。君、昨夜寝たのは何時頃だったね」

「ブリッジで夜ふかしをして、もう東の方が少し明るくなってましたから、四時近かったかも知れません」

「ブリッジの相手は？」

「何ですって」山田社員は妙な顔をした。「きまっているじゃありませんか、あなたご自身と社の村井、金子両君です。両君とも帰れなくって、お宅へ泊まったのをお忘れですか」

「ブリッジを始めたのは何時頃だったかしら？」

「さあ、九時頃でしょう」

「それから夜明けまで、僕は座をはずしたようなことはなかったね」

「ええ、便所へ立たれたほかは」

そこで、品川氏は警部の方へ向きなおり、得意顔にいった。

「お聞きの通りです。お望みなれば、なお村井、金子両君の証言をお聞かせしてもよろしい。それに、この山田君は僕同様独身者で、僕の宅に同居しているのですから、この人に知られないように、家を抜け出すなんて、とても出来やしません」

「いやいや、決してあなたを疑っているわけじゃないのです」波越警部は少からずテレた形で、「ただ、念のためにちょっとお尋ねしたまでです」

と苦しい云いわけをしたが、内心では、

「家に同居している社員などの証言では、どうも少し」

と半信半疑であった。

それからしばらく雑談をかわしたあとで、警部は編集所を辞して、東亜ビルの玄関を出た。「この足で品川の留守宅をたずねて、雇人《やといにん》をしらべて見るかな」と考えながら、半丁も歩いた時、突然うしろから呼びかけるものがあった。

振り向くと、さっきの山田という社員が、おっかけて来たのだ。そして、「ご一緒に警視庁へ参りましょう」と、変なことをいう。

「え、警視庁に何か御用がおありですか」

「ハア、その高名者番附とかを一度拝見したいと思いましてね」

波越氏はハッとして、相手の横顔を凝視した。

「君は誰です」

「わかりませんか」

人通りの少ない横町へ曲がると、山田社員は、眼鏡をはずしふくみ綿《わた》をはき出し、チョビ髭を払い落とし、頭の毛をモジャモジャとやった。

「ああ明智君」

波越警部は、びっくりして叫んだ。

顔料《がんりょう》はまだそのままだが、顔の形は明智小五郎に相違ない。彼は警部の驚き顔を無視して話し始める。

「さっきの僕の証言は嘘じゃない。昨夜やっこさん確かにどこへも出なかった。僕は君達の会話を立ち聞きしていたが、あのA新聞の記者が偽写真でも作ったのでなければ、幽霊男の存在は確実になったわけだ」

「偽写真でないことは一見すればわかるよ」警部は面食らって答える。「それに昨夜二時頃、マグネシュームをたいたことは、宮崎家の召使にも気づいたものがあって、間違いはない……だが驚いたね、君、あすこの社員なのかね」

「ウン、まだ入社して半月にもならない。だが、紹介者がいいので、社長すっかり信用してしまって、僕が宿に困っている体《てい》をよそおうと、当分家へ来ていたまえということになったのさ」

「で、いよいよ君も疑いがはれたわけだね」

「ウン、この目で見ていたんだからね。だが実に不思議だ。どうして、こんな同じ顔の人間が出来たのだろう。古来東西に例のないことだ。君にしたって、僕が品川の一人二役を疑ったのを無理だと思うまい」

「思わないとも。実はさっき、そのことを総監からうかがって、君の明察に感じ入ったほどだ」

「恐ろしいことだ」明智は心から、恐ろしそうにいった。彼のごとき人物には珍らしい言葉である。「波越君、これは決してただごとではないよ。数百年数十年の伝習《でんしゅう》が作り上げた人間の常識だ。この常識をのり越えて突然まったく新しい事柄が起こるというのは、考え得られぬことだ。この事件の奥に何かしらゾッとするような恐ろしい秘密がある。僕はこの頃、身の毛もよだつ、ある幻想に悩まされているのだよ。科学を超越した悪夢だ。人類の破滅を予報する前兆だ」

しかし、この明智の暗示的な物の云い方は、波越警部には通じなかった。彼はまったく別のことをいった。

「幽霊男と共産党の握手か、といって総監に笑われたが、君この点をどう思うね」

「僕はまともに考える。きゃつの大陰謀の一つの現われではないかと思う。宮崎常右衛門氏の紡績会社は、確か争議中だったね」

「ああ、君の考えもそこへ来たね。争議中だ。男女工一団となって、まるで非常識な要求を持ち出している。だが、その意味で宮崎家をおそったとすると、家人に少しの危害も加えず、何一《ひ》と品《しな》持ち出していないのが不思議だね」

「それが、重大な点だ。奴らは何かしら運び出した。しかし邸内には紛失したものがない。この不気味な矛盾……恐ろしいことだ」

「で、君はあの番附みたいな連名帳を信じるかね。第二におそわれるのは君自身だという」

それを聞くとなぜか明智はまっ青になった。

「え、何だって、じゃ連名帳に僕の名があるのか。それが二番になっているのか」

「そうだよ。そして、君の次が赤松警視総監だ」

波越氏はそういって、快活に笑って見せようとしたが、明智の異様な恐怖の表情を見るとつい笑いが引っ込んでしまった。

白い蝙蝠

偶然の一致であったか、或いはそこに深い因果関係がひそんでいたのか、不穏を伝えられていた岩淵紡績会社の労働争議は、マグネシューム事件の翌日午後に至って、ついに(注17)総《そう》罷《ひ》業《ぎょう》と化した。

宮崎常右衛門氏の巨万の富は、ほとんど岩淵紡績の事業によって築かれたものであった。同氏の優れた経営手腕、及び難き精励刻苦の賜《たまもの》であったことは、もちろんだが、階級憎悪に燃えた労働者たちにとって、そんなことは問題外であった。極言すれば、彼らの窮極の目的は、会社の運命がどうなろうと、搾取者《さくしゅしゃ》宮崎常右衛門を、彼ら同然の一素寒貧に引き落とすことであった。

総罷業は見事な統制をもって、すでに五日間継続せられた。諸新聞の争議記事は、一日一日と大きくなって行った。

宮崎氏が奇怪なマグネシューム事件を、何かの前兆として非常な恐怖をいだいたのは、まことに無理もないことであった。彼の身辺には私服制服の警察官ばかりでなく、わざわざ雇い入れた武道達者の青年たちが、たえずつき従って、万一に備えた。邸の表門裏門に見張りのついたことは申すまでもない。

さて、罷業五日目の夕方のことである。

重役会議を終えて帰宅した宮崎氏は、心配に青ざめた家族たちの出迎えを受けて、彼の私室にはいって行った。

美しく分けた白髪、身体にくらべて大きな赤ら顔、だが連日の心労に額の皺に痛ましいやつれが見える。

彼は服を着かえることも忘れて、そこの大ソファに、グッタリ身を沈め、小間使いの差し出す冷たい飲物を受けた。

「あなた、お風呂が立っておりますが、のちに遊ばしますか」

夫人も従って来て、気づかわしげに、主人の表情を読む。

「ウン」

宮崎氏は、生返事《なまへんじ》をして、何か考えている。空ろな目はテーブルの上の一通の手紙にそそがれたままだ。

夫人も小間使いも、手持無沙汰《てもちぶさた》の数秒間。

やがて、宮崎氏の空ろな目が、ハッと正気に返ったように、鋭い光をたたえる。

「オイ、この手紙は誰が持って来たんだ」

変な型の封筒、見慣れぬ筆蹟、しかもたった一通だけ、テーブルのまん中に置いてあるのだ。

「さあ、青山《あおやま》じゃございませんかしら」

「青山なら、書斎の方へ持って行くはずだ。それにたった一通というのはおかしい」

宮崎氏は毎配達時間、必ず十数通の手紙を受け取る。ことにこの頃は手紙の分量が多い。それがたった一通、書斎でもないこの部屋にあるのは変だ。しかも郵便として配達されたものでない証拠には、切手も消印も見えぬのだ。

手紙を取り上げて裏を見ると、はたして、差出人の名前がない。宮崎氏はなぜかひどく躊躇したあとで、結局それを開封した。そして、中身を一《ひ》と目《め》見るか見ないに、サッと額をくもらせ、喉のつまったような声で、

「青山は？　青山を呼ぶんだ」

と命じた。

呼ばれた書生の青山は、その手紙については何も知らなかった。青山ばかりではない。夫人も令嬢も召使一同も、今朝掃除を済ませてから、この部屋にはいったものは

一人もないことがわかった。そして、掃除の際に、そんな手紙なぞなかったことはいうまでもない。

宮崎氏がかく穿鑿立《せんさくだ》てをしたのも無理ではなかった。その手紙の文面は左のような、非常に不気味なものであったから。

我々の要求は君の娘の生命と引きかえだ。明日正午まで待つ。君の職工達に回答を与えよ。無論無条件に彼等の要求をいれるのだ。同日正午が一分でもおくれたら、君の娘の命はないものと思え。如何なる防御も無効だ。兇手《きょうしゅ》は物理原則を無視して働くのだ。

これを単なるおどかしと思ったら後悔するぞ。たとえばこの手紙が、どうして君の私室に運ばれたか。それを考えただけでも、我々の、超物理的手段は、充分、察せられるであろう。

文章の終わりに妙な紋章がえがいてあった。直径一寸ばかりの黒い月形の中に、羽をひろげた蝙蝠が白く浮き出している。不気味な白蝙蝠だ。何者とも知れぬ悪魔団の紋章だ。

宮崎氏はこの種の脅迫状《きょうはくじょう》に慣れていた。ことに争議以来は、毎日一通ぐらいはこの種の脅迫状が舞い込む。で、同氏はこの手紙に対しても、いつもの無関心を装おうとつとめたが、不思議なことに、今度に限って、空威張《からいば》りの嘲笑《ちょうしょう》を浮かべる下から、どうにも出来ぬ恐怖のわななきがこみ上げて来た。いかにしらべて見ても、その手紙が私室にはいった経路がわからぬ。留守中窓は密閉してあった。廊下から来るには、誰かの部屋の前を通らねばならぬ。第一表門裏門には、多数の見張番がついている。その中をどうして忍び込むことが出来たのであろうか。召使共は長年目をかけた、気心の知れたものばかりである。不可能事がやすやすと行われたのだ。手紙の主が超物理的とほこるも、まんざらでたらめではない。

宮崎氏は熟慮の結果、万一の危険に備えるために、こうした奇妙な犯罪にかけては特殊の手腕を有すると聞く、素人探偵明智小五郎の助力を乞うことに心を決めた。大実業家の自負心も、愛嬢の生命にはかえられぬのだ。

その夜、わが明智小五郎は、富豪の懇篤《こんとく》なる招きを受けて、宮崎邸の門をくぐった。

つまり宮崎氏は怪賊の挑戦に応じたのである。

恐ろしき父

文面の「明日正午」という、その正午を過ぎると、だが宮崎氏も、さすがに不気味でたまらなかった。夫人や当の令嬢には、明らさまに話したわけではないが、邸内の空気や、宮崎氏のそぶりで、彼女らにも大体の察しはついていた。

一時間、二時間と時は過ぎて行ったが、主人夫妻、召使などの、心配や恐れは、増すばかりであった。いつ？　だれが？　どこから？　すべてが不明なのだ。摑みどころのない敵。どこにどう防備をほどこしたらいいのか、まるで見当もつかぬ。それが人々を実際以上にこわがらせた。

午後三時、令嬢雪江《ゆきえ》さんの私室には、雪江さんを中にして、まじめな二人の護衛兵、父宮崎氏と、探偵明智小五郎とが雑談をかわしていた。病身の母夫人は昨夜一睡もしなかった疲れのために、別室に引き取っていた。

雪江は妙齢十九歳、宮崎氏の一粒種《ひとつぶだね》だ。どちらかというとお父さん子で、厳格なほど作法正しい母夫人には、遠慮がちだが、お父さんには平気で甘える。生意気な口もきく。宮崎氏はこの年にくらべて子供子供した娘と冗談を云い合うのが一つの楽しみになっていた。それが、今日は青ざめて、黙り込んで、時々、さも恐怖に耐えぬもののごとく、キョロキョロとあたりを見廻すさまは、日頃快活なだけに一層いたましく見える。

宮崎氏は、しばらく話をしているかと思うと、急に立ち上がって、イライラと部屋の中を歩き廻る。又腰かけたかと思うと、むやみに煙草《たばこ》をふかし始める。実業界の巨人も、この目に見えぬ敵には、いたく悩まされている体《てい》だ。

「ハハハハハ、明智さん、わしは少し気にし過ぎているようですね」

明智がじっと彼を見つめていたので、宮崎氏はテレ隠しのようにいった。

「いや、ご無理はないです。こういうことに慣れている私でも、今度だけは何だか変な気持です。私はいくらかあいつのやり口を知っているからです……しかし、あいつだって人間です。いくらなんでも、この防備をくぐり抜ける力はありますまい。不可能事です」

「はたして、不可能事でしょうかね」

「超自然の力でも持たぬ限りは」

「その超自然力を、賊は持っていると広言しておる」

「虚勢《きょせい》です。考えられぬことです」

しかし、明智はなぜか、ひどく困惑の体《てい》で、かえって宮崎氏の顔色を読もうとするごとく、じっと相手を見つめた。

「虚勢。いかにも、虚勢でしょう……だが、あれは、どうしたというのだ」

裏門の方に、騒がしい人声。それがだんだん高まって来る。

書生の青山が飛び込んで来た。

「裏門のそばで怪しいやつをとらえました。ピストルを持っているそうです。明智さんをお呼びしてくれということでした」

それを聞くと主客ともに立ち上がった。

「明智さん、見て来て下さい。厳重にしらべて下さい。ここはわしが引き受けます」

明智は立ち去ろうとして、なぜかちょっと躊躇した。本能的にある不安を感じたのだ。しかし、行かぬわけにはいかぬ。彼は宮崎氏をじっと見つめて、

「では、お嬢さんをお願いします。そばを離れないようにして下さい」

くどく念を押して、彼は書生の案内でドアの向こうに消えた。あとに残った父と娘とは、まっさおな顔を見合わせて、しばらく黙り込んでいたが、とうとう、雪江さんが、たまらなくなって幼児のように叫んだ。

「お父さま、私、こわい」

彼女は、今にも倒れそうに気力がない。

「心配することはない。こうしてわしがついているではないか。それに、この部屋のまわりは刑事や書生で取りまいているといってもよいほどだ。現に、賊は裏門をはいらぬうちに、捕まってしまったじゃないか。ハハハハハ、なあに、少しも心配することはないのだよ」

「でも、私、なんだか……お父さま！」

雪江は、目でいつもの合図をした。十九歳の雪江は、今でも時々父に甘えて、その腕にだかれる癖《くせ》があった。この目づかいはその合図なのだ。

宮崎氏は、それを見ると、なぜかかすかな狼狽の色を現わした。そして、一向彼女の要求に応じる気色《けしき》もない。

雪江は妙に思った。こんな際にあれを云い出したのが悪かったのかしらと考えたが、こんな際であればこそ、父の力強い腕にだかれたかった。彼女は思いきって、ツカツカと父のそばに寄り父のアームチェアに、やわらかい肉体を無理にも押しこむように腰かけた。麻《あさ》の着物を通して、父のよくふとった肉体と、娘のすべっこい肌とが密着した。雪江はこわさに熱苦しいことなどを考えている余裕はなかったのだ。

宮崎氏は娘の肌を感じると、不思議なことにますます狼狽の色を示した。まるで、一度もそんな経験を持たなかったかのように。

無邪気な箱入り娘は、次には彼女の青ざめた、しかしふくよかな頬を、父の口の前へ持って行った。小さい時分、何かにおびえると、父は彼女の頬に接吻して力づけてくれた。その習慣が今でも残っているのだ。

宮崎氏の狼狽は極度に達した。娘のこの無邪気な仕草がのみこめなくて、途方にくれた体《てい》である。だが、次の瞬間、彼の頬にサッと血がのぼって、目が燃えるようにかがやいた。

白髪の宮崎氏の両手がぎこちなくのびて、娘のやわらかな身体をだきしめた。

「あら！」

どうしたわけか、雪江はそれを求めておきながら、父の抱擁《ほうよう》におびえて小さく叫んだ。何かしら父の触感がいつもと違ったからだ。その刹那、父がかつて見も知らぬ他人みたいに思われたからだ。

宮崎氏は、雪江のかすかな抵抗を感じると、一層物狂わしくなった。彼は乾いた唇をガサガサいわせながら娘をしめつけた腕にグッと力をこめた。そして、逃げる雪江の唇へ、彼の唇を持って行った。

父の情慾に燃える目と、娘の恐怖におびえきった目とが、一寸の近さで、まじまじとにらみあった。

あまりの激情に声を立てる力もなく、不気味に黙りあったまま、彼らは死にもの狂いに摑みあった。

惨澹《さんたん》たる格闘の末に、雪江はかろうじて父の手をのがれ、髪も着物も乱れたさまで、よろよろとドアの方へ走った。

だが、宮崎氏は、すでに彼女の先廻りをして、ドアをうしろに立ちはだかっていた。

「のいて下さい。あなたは誰です。一体誰です」

雪江は父をにらみつけながら、一生懸命に云った。

「誰でもない。お前のお父さんだよ」

「違います。……違います。……お父さまじゃない。……ああ、こわい」

雪江は気が違いそうだった。確かに父の顔を持った男が、どこかしら父ではないのだ。

ハッと思う間に、世界一杯の白髪鬼《はくはつき》が、恐ろしい形相《ぎょうそう》で飛びかかって来た。彼女はもう振りほどく力はなかった。気を失ったように、たわいなく、されるがままになっている。

再び身動きもならぬ抱擁、顔に降りかかる男の息、父とは違ういとわしい匂い、そして、ヌメヌメと不気味な唇の触感……。

不可思議力

裏門の騒ぎというのは、職工風の男が、ジロジロ邸内をのぞきこんでいるというので、見張りの刑事が引っとらえてしらべようとすると、いきなりピストルを取り出して手向かいをした。勇敢な一刑事は賊に組みついたが、一と振《ひ》りではね飛ばされてしまった。

賊はピストルを構えて、グングン邸内へはいって来る。騒ぎが大きくなった。家中の男子が現場へはせつけた。相手は一人だけれど、飛び道具を持っているので、うかつに近寄れぬ。人々は彼を遠巻きにしてさわぎ立てた。

そんなことで、結局、賊に縄をかけるのに、二十分ほどもかかったが、やがて、三人の刑事が賊の縄尻を取って警視庁へと引き上げていった。

明智小五郎は、それを見送りながら、ふとある恐ろしい疑いに打たれた。

「あいつは、一体何のために、わざわざつかまりに来たんだろう。もしかすると……」

彼は大急ぎで元の部屋に引き返した。

廊下に一人の書生が見張り番を勤めている。さっき裏門へかけつける時、この書生だけは持場を離れぬようにと、固く命じて行ったのだ。

明智は、それを見て少し安堵を感じながら、ドアを開いた。そして一歩室内にはいったかと思うと、直ぐに又飛び出して来て、見張り番の書生の肩をつかんだ。

「君、宮崎さんはどこに行かれたのだ」

「洗面所です」

「今か」

「ええ、つい今しがたです。ああ、帰って来られました」

廊下の向こうに宮崎氏の姿が見えた。

「その間、この部屋へ誰もはいったものはあるまいね」

「ええ、決して」

宮崎氏が二人のそばまで来て声をかける。

「ああ、明智さん、賊はつかまったようですね」

「ええ、しかし……」

「しかし？」常右衛門氏はけげん顔だ。

「お嬢さんは大丈夫ですか」

「御安心下さい。雪江の方は別状ありません。ごらんなさい。あの通り元気ですよ」

宮崎氏はドアの方へ歩いて行って、それをあけた。明智もあとに続く。

「おや、おや、不作法なお嬢さんだぞ」

宮崎氏が笑い顔でいった。雪江は籐《とう》のアームチェアに寄りかかって、グッタリ眠っている。

「明智さん、可哀そうによほど疲れたと見えて、居眠りをしています」

「居眠りですって。あなたは、あれを居眠りだとおっしゃるのですか」

明智が驚いて聞き返した。

「居眠りでなくって、ほかに……」

だが、云っているうちに、宮崎氏にも娘の変な様子がわかって来た。彼はまっさおになってツカツカと部屋の中へはいって行った。

「オイ、雪江、雪江、しっかりしなさい。お父さんだ」

肩をゆすっても、グニャグニャ動くばかりで、なんの手答えもない。

明智もアームチェアのそばに立って、雪江の様子をながめていたが、突然宮崎氏の腕をつかんで、ささやき声でいった。

「静かに。何か聞こえます。ほら、あの音は何でしょう」

耳をすますと、ポタ、ポタ、ポタと、雨漏りのような変な音が断続して聞こえて来る。

部屋中を見廻したが、どこにも水のたれている様子はない。しかも、物音は、つい鼻の先でしているのだ。

「アッ、血だ」

雪江の籐椅子のうしろに廻っていた明智が叫んだ。

見ると、ちょうど雪江の身体の下の、椅子の底から、まっ赤な血のしたたりが、床に落ちては、はね返っている。床には小さな血の水溜《みずたま》りが出来ていた。

雪江の身体を引き起こして見ると、案の定、背中の、ちょうど心臓のうしろに当たる箇所に、血まみれの短刀の柄ばかりが見えていた。彼女はその短刀の一と突きで絶命したのだ。

「白蝙蝠だ」

短刀の白鞘《しらざや》にきざまれた奇怪な紋章を発見して、明智がつぶやいた。

「不思議だ。わしが洗面所へ行っていた間は二分か三分です。しかも、書生は、誰もこの部屋にはいったものはないといっている。どうして、いつの間に……」

宮崎氏は、娘の死を悲しむことも忘れて、賊のあまりの早業《はやわざ》にあきれるばかりだ。

見張りの書生が呼ばれてはいって来た。

「この部屋へ誰もはいらなかったことは確かだろうな」

「はあ、ドアの方に向かって廊下に立っていたのですから、見逃すはずはありません。

決して間違いはございません」

　書生は室内の激情的な光景を見て、まっさおになって答えた。

「物音も聞かなかったのだね」

　明智が尋ねる。

「はあ、ドアがしまってましたし、二、三間《けん》向こうから見張っていましたので、何も聞きませんでした」

「この部屋は壁もドアも厚く出来ているので、ちょっとくらいの物音は外へ漏れないのです」宮崎氏は説明して「お前大急ぎで、医者と警察の人を呼んで来るんだ。それから奥さんには、ああ、今でなくてもよろしい。なるべくおそく知らせる方がいい」と命じた。

「あの書生は信用出来る男ですか」

　彼が立ち去るのを見て、明智が尋ねた。

「愚直《ぐちょく》なほどです。同郷人で、長年目をかけている男です」

「お嬢さんに何か、つまり、一種の感情をいだいていたというような……」

「いや、そんなことは決してない。あれは婚約の恋人を持っている。その娘は国にいるのですが、たえず手紙の往復をして、非常にむつまじいのです」

「すると、まったく不可能なことが、有り得ないことが行われたのですね」

「だが、不可能なことが、どうして行われ得るのでしょうか。賊は我々の気づかぬ出入口を持っていたのかも知れない」

「そういう出入口はこのたった一つのドアのほかには全然有り得ないのです。私はあらかじめここを充分しらべておきました。窓は鉄格子がはまっている。壁にも戸棚にも何の仕掛けもない。ドアさえ守れば大丈夫だということを見きわめて、お嬢さんを守るために、この部屋を選んだわけです」

明智は困惑の極、救いを求めるように宮崎氏の顔をながめた。この変な、名探偵にも似合わしからぬ仕草は、すでに二度目であった。

「つまり、あなたは、この犯罪はまったく解決不可能だと考えられるのですか」

宮崎氏は不満の色を浮かべて云った。

「そうです……もし、そういうお答えでは満足出来ないとおっしゃるならば……」

「え、すると何か……」

宮崎氏は果たしあいでもするような、恐ろしい目つきで、名探偵の顔を凝視した。

「恐ろしいことです。いや、むしろ滑稽なことです。しかし、同時に算術の問題のように、簡単明瞭な事実です。唯一にして避くべからざる論理的帰結です」

「それは？」

「それは、つまり……」明智は三たび、救いを求めるようなみじめな表情になった。「信じられぬ。私は、その理論の指しているものを信じることが出来ないのです。こわいのです」

「云ってごらんなさい」

「私の留守中、娘さんに近づき得た人物は、天にも地にもたった一人であったと申し上げるのです」

「たった一人？　それは、つまり、わしのことでしょう」

「そうです。あなたです」

宮崎氏は妙な顔をして、目をしばたたいた。

「すると君は、娘を殺した犯人は、娘の実の父親であるわしだとおっしゃるのか」

「不幸にして、僕はそれを信じることが出来ません。しかし、あらゆる事情あらゆる論理が、その唯一の人を指しています」

「君は、本気でいっているのですか」

「本気です。軽蔑して下さい。僕はこの明々白々な理論を肯定する勇気がないのです。そこには人間力の及ばない不思議な力がある。この力が何物であるかをつきとめ得ない以上は、僕は無力です」

明智は訳のわからぬことをいって、不甲斐なくも渋面《じゅうめん》を作った。口惜《くや》しさに今にも泣き出そうとする子供の表情だ。

「君はどうかしたのじゃありませんか。何をいわれるのか少しもわからん」

宮崎氏は、皮肉な微笑を浮かべて、この有名な素人探偵の苦境を見おろした。

「だが、僕は、この不可思議力の本体をつきとめないではおきません。その上で、あなたの前に頭を下げて今日の無礼を謝するか、それとも、宮崎常右衛門氏に縄をかけて、断頭台《だんとうだい》へ送るか」

宮崎氏はこの暴言を黙って聞いていたが、明智には答えないで、呼鈴を押して、書生を呼んだ。書生の青山がはいって来たのを見ると、

「この気違いをたたき出すのだ」

と命じた。

「明智先生をですか」

「そうだ。この人は気が狂ったのだ。わしが娘の下手人だなんて、途方もない暴言をはくのだ。一刻も邸内へ置くわけにはいかぬ」

宮崎氏はいとも冷静に云いはなった。

「そのお手数には及びません。僕はこれでおいとまします」

明智は一礼してドアの外に出た。彼はただ一人ぽっちになりたかった。そして、極度に混乱した思考力を落ちつけ、この一連の犯罪事件を、もう一度隅から隅まで吟味して見たいと思った。あとはやがて到着する警察の人々に任せておけばよい。彼はそれどころではないのだ。この化物みたいな、恐ろしい不可思議力の本体をつきとめること、彼の頭はただその一事で一杯になっていたのだ。

幽霊男

あり得べからざる事柄が、やすやすと行われた。

先夜幽霊男の一味が、宮崎邸から人間ほどの大きさの荷物をかつぎ出した。しかも、邸内にはなに一《ひ》と品《しな》紛失したものがない。あり得べからざることだ。

唯一の出入口であるドアの外には、信用出来る書生が張り番をしていた。その部屋の中で令嬢が惨殺された。彼女の身辺に近づき得たたった一人の人物は、ほかならぬ彼女の実の父親である。父親が娘を殺す。外に特別の理由が発見されぬ限り、あり得べからざることだ。

この二つの不可能事が可能であるためには、そこには何かしら途方もない秘密が伏在しなければならぬ。理論をおしつめて行くと、たった一つの結論に達する。そのほかには絶対に解釈のしようがない。だが、それは想像するさえも身の毛のよだつほど恐ろしいことだ。

明智はとるべき手段に迷った。どこから手をつけていいのかわからなかった。そこで、彼は窮余《きゅうよ》の一策として、得意の変装術で、洋装の老人に扮《ふん》し、街頭をさまよい始めたのである。或《あ》る時は盛り場から盛り場へとさすらい、或る時は宮崎邸のまわりをうろつき、又或る時は例の池袋の怪屋の附近を歩き廻った。目ざすは品川四郎とそっくりの幽霊男である。この男さえ発見すれば、そして、ひそかに尾行することが出来たならば、怪賊の本拠をつきとめ、そこに隠されている大秘密をあばくことも不可能ではないのだ。

宮崎邸に殺人事件があってから、一週間ばかり、彼はそうして辛抱づよく歩き廻った。そして、ある日のこと、ついに目ざす幽霊男にめぐり会う幸運をつかむことが出来たのである。

とあるレストランで夕食をしたためていた時、背後に異様な気配を感じて、ヒョイと振り向くと、そこに品川四郎の顔があった。すんでのことで、うっかり挨拶しそうになったのを、彼はやっと噛み殺して、そ知らぬ振りで席を立った。

本物の品川四郎かも知れない。そうでないかも知れない。彼はそれを確かめるために、レストランの電話室にはいった。客席からは可なり隔たっているので、相手に聞かれる心配はない。本物の品川四郎の電話番号を告げて、胸をドキドキさせながら待っていると、はたして品川は在宅であった。受話器の向こうに、まがいもない科学雑誌社長の声が聞こえる。一と言二た言話して電話を切ると、彼は又元の席に戻って、幽霊男の食事の終わるのを待った。むろん尾行するつもりなのだ。

やがて尾行が始まった。

怪物はレストランを出ると、夜店の並んだにぎやかな町を、ブラブラと歩いて行く。食後の散歩であろう。もしとらえようと思えば、町の群衆はすべて味方だ。造作もないことである。しかし、明智は一幽霊男の逮捕で満足はしない。賊の本拠を確かめたいのだ。あせる時ではない。気永にあとをつける一途《いっと》だ。

幾度も幾度も町を曲がって、怪物ははてしもなく歩いて行く。悪人の用心深さで、彼は町角を曲がるごとに、尾行者はないかとうしろを振り返る。そのつど明智がすす早く身を隠すと、彼は安心して歩いて行く。だが、何度目かの曲がり角で、明智が物蔭に隠れようとするところを、ちょっとの差で見つけられてしまった。変装はしているものの、相手は脛《すね》に傷もつ犯罪者だ。うさんなみぶりを見のがすはずはない。とうとう尾行を発見された。

そこは電車通りで、空自動車が右往左往していた。やっこさんきっとタクシーを呼び止めるぞ、と見ていると、あんのじょう、一台の車が彼の前に止まった。おくれてはならぬと、明智もあとから来た車を呼び止める。

「あの車のあとをつけるのだ」

命じながら乗り込もうとした明智は、何を思ったのかとっさに思い返して、その車をやり過ごしてしまった。

前の車もすでに発車した。だが、これはどうしたことだ。確かにその車に乗ったはずの幽霊男が、町を横切って走っているではないか。つまり彼は乗車すると見せかけて、車内を通って、反対側に飛び降りてしまったのだ。自動車の籠抜《かごぬ》けだ。明智ははやくもそれを感づいて、うっかり空自動車のあとを追う愚《ぐ》をまぬがれたのである。

何というす早さ。怪物は道路の向こう側で、もう別の自動車を呼び止めた。さっきとは反対の方角に走っている車だ。明智もおくれじと一台の車に飛び乗った。幽霊男も今度は籠抜けではない。そこで、自動車の追っかけが始まったわけである。

走りに走っているうちに、いつか見覚えのある町を通っていた。はじめは何気なく窓外をながめていた明智も、それがあまりに彼の熟知せる道筋と一致しているのに気づいて、「おや、これは変だぞ」と思わないではいられなかった。

やがて、先の車は、案の定、その家の前で停車した。その家とは、ほかならぬ、ほんとうの品川四郎の住居なのだ。

幽霊男は車を降りて、格子戸をあけた。婆やが迎え出る。彼は婆やに何か口をきいて、事もなく奥へ消えてしまった。

「なあんだ。さっきから尾行していたのは、それじゃほんとうの品川だったのか」

とがっかりしたが、又思い返すと、どうも腑に落ちぬところがある。品川なればなぜ自動車の籠抜けなぞしたのか。又、さっき電話口に出たのは一体何者であったのか。とはいえ、もし幽霊男だとすれば、まさか、こんな品川の家なぞへ逃げこむはずはないのだ。さすがの明智も、狐につままれた感じである。

ともかくしらべて見ようと、案内を乞うと、応接間へ通された。科学雑誌社員時代に親しみのある応接間だ。畳を敷いた日本座敷に椅子テーブルを並べた、洋風まがいの部屋である。品川四郎はそこの大ソファに腰かけて、客を待ち受けていた。

「ああ、やっぱりあなたでしたね、おわかりでしょう。明智小五郎です。僕は大変な失策をやったのです。あなたを例の幽霊男だと誤解してしまって……しかし、さっき電話口へ出たのはあなたではなかったのですか」

「ヘエ、電話ですって。それは何かの間違いでしょう。僕は電話にかかった覚えはありませんよ」

そんな話をしている時、実に途方もないことが起こった。というのは、襖の外にもう一人品川四郎の声が聞こえて来たのである。

「俺は夕方から外出なぞしないじゃないか。今俺が帰って来たなんて、お前は奥の間で俺が調べものをしていたのを知らないのか、その帰って来た俺というのはどこにいるんだ」

叱られているのは婆やだ。だが、なんというへんてこな叱り方であろう。

明智はさてはとギョッとして、やにわに立ち上がり、目の前の品川に飛びかかろうとした。

だが張り合いのないことには、贋の品川は平気で笑っている。なんというふてぶてしさだ。

そこへ、襖の外の声の主が、血相をかえて飛び込んで来た。見ると、一人は自分と寸分違わぬ男、もう一人は見も知らぬ老人だ。

「君たちは、一体全体何者だ」

彼は居丈高《いたけだか》にどなりつけた。

「おや、これは不思議、貴様、俺の留守宅に忍び込んで主人面《しゅじんづら》をしていたんだな。貴様こそ一体何者だ。いやそれは聞かなくてもわかっている。貴様だな、長い間俺を悩まし続けた怪物は」

今帰宅したばかりの贋の品川が、平然とどなり返した。

わかったわかった。図々しい幽霊男は、明智の追跡に耐えかねて、とっさの思いつきで、ほんとうの品川の家へ逃げこんだのだ。なんという大胆不敵な、しかし奇想天外の思いつきであったろう。並べて見ても見分けのつかぬ二人の品川が、お互いに相手を贋物だと云いあっているのだ。

そのうちに、ほんとうの品川が、やっと明智の変装姿を見分けた。

「ああ、明智さんじゃありませんか。一体これはどうしたということです。あなたの前にいるのが、例の幽霊男ですよ」

すると、贋の品川も劣らず、まくし立てる。

「おや、あなたは明智さんですか。すると、さっきから、私のあとをつけていらっしたのは、僕を幽霊男だと誤解されたのですね。僕こそ正真正銘の品川四郎です。この男は僕の留守を幸いに僕にばけて何か又悪事をたくらんでいたのですよ。さア、こいつをとらえて下さい」

聞いているうちに、どちらの云い分がほんとうだかわからなくなって来る。

「では、君はどうして、籠抜けなぞをして、僕をまこうとしたのです」

「私は近頃臆病になっているのです。それに老人の変装であなたということが、ちっともわからなかったものですから、又、白蝙蝠一味のものが、何か悪だくみを始めたのかと誤解したのです。ほんとうに僕が幽霊男なら、こんなところへ来るはずがありません。ほかにいくらも逃げ場所はあるはずです」

いわれて見ると、一応はもっともである。明智は二人の品川を間近くながめながら、そのうちの一人が白蝙蝠の首魁《しゅかい》であることはわかりきっているのに、さて、どちらをそれと定めかねて、にわかに手出しをすることが出来ないのだ。

だが、このばかばかしいお芝居は長くは続かなかった。明智はふと一案を思いついて、前から、家《うち》にいた品川を片隅に引っぱって行き、もう一人の品川に聞こえぬように、ささやき声で、山田の変名で雑誌社に勤めていた頃のこまかい出来事を、一つ一つ尋ねて見た。品川はテキパキとそれに答える。もう間違いはない。この男こそ品川四郎だ。

だが、そこにほんのちょっとした隙があった。二人が問答に気をとられている間に、アームチェアにおさまっていた幽霊男は、ソッと席を立ち、足音を盗んで、襖の外へ消えて行った。

名探偵誘拐事件

科学雑誌社長品川四郎と寸分違わぬ泥棒があった。というお伽噺《とぎばなし》みたいな事実が、いつの間にかべらぼうに大きな途方もない事件に変化して行った。

事件がすっかり落着してから、内閣総理大臣大河原是之氏は、(同氏もこの事件の被害者の一人であって、大切な一人息子を失いさえしたのだが)ある昵懇《じっこん》の者に述懐したことがある。

「明智小五郎は、日本国の、いや世界人類の恩人である。もし彼がこのたびの大陰謀を未然に防いでくれなかったならば、この日本は、いやいや、英国にせよ、米国にせよ、フランスもイタリーもドイツも或いはロシアでさえもが、その皇帝を、その大統領を、その政府を、その軍隊を、その警察力を、すなわち国家そのものを、失わなければならなかったであろう。新聞記事をさし止め風説の流布《るふ》を厳禁したので、一般世人は何事も知らなかったが、彼ら白蝙蝠団の陰謀は、たとえば、コペルニクスの地動説、ダーウィンの進化論、或いは鉄砲の発明、電気の発見、航空機械の創造などに比すべく、吾《ご》人《じん》人類の信仰なり生活なりを、根底からくつがえすていのものであった。

「労働者資本家闘争のごとき、さては虚無《きょむ》主義も、無政府主義も、この大陰謀にくらべては、取るにも足らぬ一些事《いちさじ》に過ぎない。彼らは爆薬よりも、電気力よりも、もっともっと戦慄すべき現実の武器をもって、全世界に悪魔の国を打ち建てんとし、しかもそれが必ずしも空論ではなかったのだから。

「しかし、事は未然に発覚し、今や白蝙蝠一味のものは、刑場の露と消えた。彼らの死とともに、彼等の本拠、彼等の製造工場は、跡方もなく焼きはらわれ、百年に一度千年に一度の大陰謀も、ついに萌芽《ほうが》にして刈られてしまった。人類のため慶賀此の上もなきことである」

大体このような意味であった。

これを伝聞した人々は、強情我慢の大河原首相をして、この言《げん》をなさしめた大陰謀の内容に想到し、うたた肌の寒きを覚えたのである。が、それは後のお話。

さて、前章では、明智小五郎に尾行された偽品川が窮余の一策として、本物の品川の住居に逃げ込み、その一室に顔を並べた寸分たがわぬ両人が、我こそ品川四郎であると互いに主張して下《くだ》らず、さすがの名探偵も、なすべき術を知らなかったことを記したが、やがてだんだん取り調べて行くうちに偽品川の方は、はげそうになる化けの皮に、その場にいたたまれず、隙を見てこっそり逃げ出してしまった。

夢中になって、本物の品川を訊問していた明智小五郎がふと気がつくと、もう一人の品川の姿が見えぬ。「さては、あいつが偽物であった」と、ひと飛びに表へかけ出して見ると、一丁ばかり向こうを走って行く人影。そこで、又しても追跡である。

曲がり曲がって大通りに出ると、怪物の姿を見失ってしまった。ちょうどそこに客待ちをしていた自動車の運転手に尋ねると、運転手はいやにうつむいて、帽子のひさしの下から、その男なら、今向こうへ走って行く自動車に乗ったというので、明智は当然その客待ち車に乗って、追跡を命じる。型のごとき自動車の追っかけだ。

十分も走ると、淋しい屋敷町にさしかかった。すると、どうしたことだ。明智の車がいきなり方向転換をして、もっと淋しい横丁へすべり込んだ。

「オイ、何をするんだ。先の車はまっすぐに走って行ったじゃないか」

明智がどなると、運転手がヒョイと振り向いた。

「ア、貴様は」

「ハハハハハ、一杯喰ったね。いや、動いては為にならぬぜ。ほら、これを見たまえ」

クッションの上から、ニュッとピストルの筒口だ。悲しいことに明智は何の武器も用意していなかった。

あとでわかったことだが、あのとっさの場合、賊は機敏にも、さっき乗り捨てた一味の者の自動車に、運転手に化けて乗り込み、借り物の外套で身を包み、借り物の帽子をまぶかにして、じっと網にかかる明智を待ち構えていたのだ。実に驚くべき早業だ。

怪物はピストルを構えたまま、運転台を降りて客席にはいって来た。

「いくら、わめいたところで、こんな淋しい町で助けに来るやつはありやしない。だが、念のためにちょっと我慢してもらおう」

ピストルで身動きも出来ぬ明智の鼻の先へ、ぱっと飛びついて来た白いもの、いつの間に用意したのか、麻酔薬《ますいやく》をしみ込ませたハンカチだ。

明智がじっとしているはずはない。一方のドアを開いて、反対側へ飛び降りようとした。

「ああ、馬鹿だね君は、求めて痛い思いをするのか」

いいながら賊はゆっくりねらいを定めて、今飛び降りようとする明智の右足を撃った。バンという変な音。だが、タイヤが破れた音ほど高くはない。一体ピストルなんて、そんな大きな音を立てるものではないのだ。

車から半身乗り出して、ぶっ倒れたまま、苦悶している明智の顔の前に、又もや丸めたハンカチ、いやなにおい。しかし、今度はもう抵抗する力もない、賊のなすにまかせて、押しつけられた麻酔薬に明智は腑甲斐なくも、意識を失ってしまった。にせ品川はグッタリした探偵の身体をだきあげて、クッションの上に横たえ、出血している足の傷口には、明智のハンカチで繃帯をしてやりながら、ひとりごとのようにつぶやく。

「明智君、君が追っかけてくれたお蔭で、非常に手数がはぶけたぜ。これで、連名帳の順序を変更しなくて済んだというものだ。君、まさか忘れやしないだろう。あの連名帳に打ってあった番号を、第一は岩淵紡績社長宮崎常右衛門。それから第二番目は、素人探偵明智小五郎。つまり今度は君の番だったのさ。ハハハハハ」

賊は低く笑いながら、元の運転席に戻ると、何事もなかったように落ちついた顔色で、ハンドルを握り、スターターを踏んだ。

車は、人通りもない淋しい屋敷町を、まっしぐらに、いずことも知れず走り去った。

トランクの中の警視総監

それから一週間ほどたった或る日のこと、明智小五郎は一台の古めかしい人力車に、極大トランクを運ばせて、警視庁をおとずれた。

「やア、明智君じゃないか。君のホテルをたずねてもいないし、どこへ行ったのかと心配していたところだ。何だか収穫があったらしいね。その大トランクは、君、一体何だい」

玄関の大ホールで、出会《であい》がしらの波越警部が声をかけた。

「非常に重大な証拠物件だ。あとで話すよ、だが、とりあえず、赤松総監にお目にかかりたいのだ。いらっしゃるかい」

「ウン、今僕は総監室で話をして出て来たばかりだ。刑事部長さんもいたよ」

「じゃ、一つ巡査君に、このトランクを運ぶ手伝いを頼んでくれたまえ。総監室へ持込んでもらいたいのだ」

「心得た。オイ君、ちょっとこの車夫のお手伝いをしてやってくれたまえ」波越氏は、ホールにいあわせた二人の警官に命じておいて、「残念だが、僕は行啓《ぎょうけい》のご警衛のことで急用があるんだ。総監室でくわしく話しておいてくれたまえ。間に合ったら、僕も話を聞きに帰って来るから」

波越警部と別れた明智小五郎は、大トランクを追って、総監室へ上がって行った。

「我々は君を探していたところだったよ。明智君」

総監は、彼の顔を見ると、磊落にいった。

「例の白蝙蝠事件が、一向はかどらないのでね。だが、妙な物を持ち込んで来たじゃないか。そのトランクは何だね」

「何か御用談中ではなかったのですか」

明智が、総監と向かいあって腰かけている刑事部長を見ながら尋ねた。

「いや、我々の話は今すんだところだ」

「それでは、はなはだおそれいりますが、総監お一人にお話ししたいことがありますので、しばらく……」

「オイオイ、明智君、ここにいるのは、君も知っている刑事部長さんだよ。失礼なことをいっては困るね」

「ですが、実は非常に重大な事柄だものですから、総監にお話し申し上げるさえ、躊躇するほどなんです。失礼ですけれど、しばらくお人払いを……」

明智はひどく云いにくそうだ。

「明智君、今日はいやに勿体《もったい》ぶるんだね」刑事部長は笑いながら立ち上がった。「しかし、僕はあちらに用事もあるから、又あとで来ます。じゃ明智君どうか」

彼は云い捨て、総監室を出て行った。

「さア、聞こう。その重大事件というのは一体何事だね」

赤松総監は、この天才探偵の奇抜な所業をひどく面白がっていたのだ。

「完全にお人払いが願いたいのです」

明智は強情である。

「では」総監はますます面白がって「オイ、君、ちょっとあちらへ行っていたまえ」

総監室の入口に陣取っていた受附係りが追い払われた。あとは文字通り二人きりだ。

「ドアの鍵をお持ちでしょうか」

「鍵？　君はドアに鍵をかけようというのかね。そいつはどうも」総監は笑い出して

「確かその受附の机の抽斗《ひきだし》にはいっていたはずだが」

明智は鍵を探し出して、内部から入口のドアに鍵をおろした上鍵穴には鍵を差したままにして席に戻った。

「このトランクの中の品物をごらん願いたいのです」

「ひどくかさばったものだね。あけてみたまえ」

トランクというのは、内地の旅行などには滅多に使用せぬ、鎧櫃《よろいびつ》のようなごく大型のもので、人一人はいれるほどの大きさである。

「びっくりなさらないように、非常に意外なものがはいっているのですから」

明智はトランクの鍵を廻しながら、まるで手品師が秘密の箱をあけて見せる時のような表情で云った。

その刹那、赤松総監の頭に「死体」という観念がひらめいた。すると、トランクの蓋をすかして、その中に丸くなっている、不気味な血だらけの肉塊が、まざまざと見えて来るように思われる。さすがの総監も、少々顔の筋を固くしないではいられなかった。

カチンと錠前のはずれる音がして、トランクの蓋は一寸二寸と、ゆっくり開かれていった。まず現われたのは、旭日章《きょくじつしょう》のピカピカ光った警察官の制帽であった。それから、制帽の下に丸々とふとった顔、口髭、金ピカの肩章、高級警察官の黒い洋装、窮屈そうになためになった帯剣。

それは確かに、窓の外にあかあかと陽の照っている昼間であった。又、赤松総監は決して夢を見ているわけではなかった。だが、夢か幻でなくて、こんな恐ろしいことが起こり得るであろうか。さしもの豪傑政治家も、アッといったまま、目はトランクの中の人物に釘《くぎ》づけになり身体は強直したかのように動かなくなってしまった。明智小五郎はと見ると、トランクの蓋をあけきって、じっと獲物をねらう蛇のような目で、総監の表情を見つめている。

二人はそうしたまま、三十秒ほど、見事に出来た生人形《いきにんぎょう》のように、動きもせず物もいわなかった。

「ハハハハハ、明智君、人のわるいいたずらをしちゃいけない」総監はやっと元気を取り戻して泣き笑いの表情で、しいて大声を出した。「僕の似顔人形を作って、おどかそうなんて」

いかにも、トランクの中の人物は、赤松警視総監の似顔人形であった。ふとった身体、丸い顔、愛嬌《あいきょう》のあるチョビ髭、クリクリと丸い目、帽子も制服も帯剣も靴も、すべて総監そっくり、髪の毛の数まで同じかと疑われるばかりだ。

「人形だとおっしゃるのですか」

明智は毒々しい声でいった。

「もっとよく見てごらんなさい」

総監は悪夢にうなされた気持で、あまりにもよく出来た自分と寸分違わぬ生人形に見入った。

見ているうちに、警視総監の心臓でさえも、ギョクンと喉の辺まで飛び上がるような、恐ろしい事実がわかって来た。

そいつは生きていたのだ。人形ではなかったのだ。確かに呼吸をしている。窮屈に曲げた腹部が、静かに波打っているではないか。パチパチと、またたきさえしているではないか。

総監はあまりの出来事に、とるべき手段を考える力もなく、放心の体《てい》で、トランクの中のもう一人の総監をながめていた。

人形の丸い頬が、ピクピクと痙攣を始めた。ハッと息をのむ間に、その痙攣が、だんだんひどくなっていったかと思うと、唇がキューッとめくれて、白い歯並が現われ、その顔がいきなりニタニタと笑い出したのである。

それを見ると、五十歳の赤松総監が、子供のような泣き顔になって、タジタジとあとじさりをした。

と、同時に、トランクの中の男が、ビックリ箱を飛び出す蛇みたいに、突然ニョッキリと立ち上がったかと思うと、諸手《もろて》をひろげて総監に飛びかかっていった。

頭から足の先まで、そっくり同じ、二人総監の取組合《とっくみあ》いだ。しかも、それが夢でもなければ、お芝居でもない。白昼、警視庁総監室での出来事だ。腹をかかえてゲラゲラ笑い出したいほど滑稽で、しかも同時にゾーッと総毛立つほど恐ろしい事柄である。

飛びかかっていった方の、つまりにせ総監が、あまりのことに手出しも出来ぬ本物の総監を、うしろに廻って、羽交締《はがいじ》めにしてしまった。

だが、さすがは百戦錬磨の老政治家だ。総監はそれほどの恐怖に直面しながら、はしたなくわめき出すようなことはしなかった。彼はじっと心を落ちつけて、羽交締めにされたまま、ジリジリとデスクのそばに近づくと、わずかに動く右手の指で、ソッと卓上の呼鈴を押そうとした。

「オッと、そいつはいけない。赤松さん、その呼鈴は命とかけがえですぜ」

明智がすばやく見て取って、ピストルを構えながら、総監を威嚇《いかく》した。

「明智君、これは一体どうしたことだ。君はいつの間に僕の敵になったのだ」

「ハハハハハ、私が明智小五郎に見えますかね。もっと目をあけてごらんなさい。ほらね」

明智が顔をモグモグやって見せる。

「アッ、き、貴様は一体何者だッ」

明智は左手でポケットから大型の麻のハンカチを取り出して、総監の目の前で、ヒラヒラ振って見せた。驚くべし、そのハンカチの片側には、見覚えのある不気味な白蝙蝠の紋章。

「ウヌ、畜生ッ」

総監は全身の力をふるいおこして、背後の敵をふりほどこうとした。だが、怪物の羽交締めは、いっかな解けぬ。もう絶体絶命だ。大声でどなって人を呼ぶほかはない。と思う顔色を見て取ったにせの明智小五郎は、間髪をいれず振っていたハンカチを丸めて、総監の口へ、グイと押し込んでしまった。とっさの猿轡《さるぐつわ》だ。

またたく間に、手足をしばられて、トランクの中に丸くなったのは、今度は本物の赤松総監であった。あばれようにも、声を立てようにも、もうどうすることも出来ぬのだ。

「わかりましたか。赤松さん、我々のプログラムは予定通り、着々進行しているわけです。第一は宮崎常右衛門、第二は明智小五郎、第三は赤松警視総監とね。つまり今日はあなたの順番が来たわけなんですよ」

にせの明智小五郎が宣告を与えた。

妙なたとえ話だけれど、りんごの皮をむかずして、中味だけを幾つかに切り離すことが出来るか。それは出来るのだ。針と糸があればやすやすと出来るのだ。だが、顔から形から寸分違わぬ人間が、思うがままに生まれて来る、この白蝙蝠団の大魔術は、りんごの問題ではない。どんな針と糸を持って来たとて、そんなばかばかしいことが、出来っこはないのだ。

怪談か、でなければお伽噺だ。もしもこれらのものが、現実の出来事であったとすれば、その背後に、思考力をはるかに飛び越えた、何物かが存在しなければならない。だが、昔から偉大なる発見なり発明なりは、それが公表される瞬間まで、全世界の常識が不可能と考え、怪談お伽噺とわらうていい事柄であったことも一考して見なければなるまい。

それはともかく、トランクの蓋がとじ、カチンと錠前が卸《おろ》された。現内閣の巨星、正四位勲三等警視総監赤松紋太郎氏は、今やトランク詰めの一個の生きた荷物となり終ったのである。蓋をしめる時、明智が念のために麻酔をかがせたので、荷物はもうコトリとも動きはしない。

不思議な仕方で事務の引継ぎを了《りょう》した新警視総監は、総監の大きな腕椅子に、ドッカと腰をおろし、卓上にあった旧総監私用の葉巻煙草を切って、鷹揚《おうよう》に紫の煙をはいた。

にせ明智は生きた荷物のトランクに腰かけて、言葉だけは鄭重《ていちょう》に、新総監に話しかけた。

「では、閣下、このトランクはひとまず私のホテルに保管しておくことに致しましょうか」

新総監はこれに対して、着任最初の口を開いた。

「ああ、そうしてくれたまえ。ところで、その荷物を運び出すためには、ドアを開かなくてはなるまいね」

何とまあ、声まで赤松紋太郎氏そっくりである。

「ハハハハハ、いかにも左様でございましたね」

明智は云いながら、立って行って鍵を廻し、ドアの締まりをはずした。さて、新総監が呼鈴のぼたんを押すと、さっきの受附係りがはいって来る。

「君、誰かに手伝わせてね、このトランクを表まで運び出すんだ。そして、ああ、明智君、車が待たせてあるのかね」

「ハア、人力車が待たせてあります」

「では、その人力車に積んであげるのだ。わかったかね」

受附係は委細《いさい》かしこまって引きさがって行った。

かようにして、何の造作もなく、新旧警視総監の更迭《こうてつ》が行われ、とりすました明智小五郎は本物の総監をつみこんだ人力車を従えて、いずこともなく立ち去ったのである。

慈善病患者

実業界の大立物宮崎常右衛門氏が、まっかな偽物で、実は白蝙蝠団の一員であったとすれば、その人望と、巨万の資産の運用によって、一種の産業動乱をまきおこすことは、さして難事ではない。

すでに現われた一例をあげるならば、にせ宮崎氏がほとんど無謀に近い職工たちの要求を、無条件に承認したことは、業界一般の一大打撃となり、ごうごうたる世論をひき起こし、同業組合の内紛をかもし出したばかりではない。当時の生産品市価をもってしては、採算不能、全紡績事業の成立の見込み立たずということになり、極言すれば、日本の同業者は全滅するのほかなきにたち至ったとさえ云い得るのだ。むろん、当の宮崎氏が、世の非難の的となり、同業者の怨《えん》府《ぷ》(注18)となったことはいうまでもない。令嬢が殺害されたのは同情すべきだが、しかし事後に至って、何も職工たちの要求をいれることはない、寧《むし》ろ工場を閉鎖すべしというのだ。ところが滑稽なことには、その宮崎氏は実は泥棒なのだ。事業界の地位を失おうが失うまいが、会社がもうかろうがもうかるまいが、そんなことは、てんで問題ではない。彼は有産社会から鬼畜呼ばわりをされながら、鋼鉄張りの神経で、どこ吹く風かと空うそぶいていた。

又、この事件で打撃をこうむったのはひとり同業者ばかりではなかった。日本の全産業界に、かつて前例のない、労働者横暴時代がやって来るのではないかと疑われた。というのは、岩淵紡績労働争議が終わって、まだ一週間もたたぬ間に、全国各地のさまざまな製造工業に、すでに五つの争議が起こっていた。彼等は岩淵紡績の実例で味をしめ、増長したのだ。そこへつけ込んで、争議で飯を食っている連中の煽動《せんどう》よろしきを得たのである。

すると、妙なことに、それがどんな地方で起こった争議であっても、職工の要求書が提出されると同時に、岩淵紡績の場合と同じような脅迫状が、事業首脳者の私宅に、誰が持って来たともなく現われるのだ。令嬢なり、令息なり、令夫人なりの命を頂戴するという例の文句である。

目前、宮崎氏令嬢の実例で、怖気《おじけ》をふるっている資本家たちは、結局職工の要求をいれることになる。でなければ、工場閉鎖だ。

この勢いで、ドシドシ争議が起こり、ドシドシ労働者の言分が通っていったならば、極度の物価騰貴《とうき》を招来するか、しからざれば、生産工業全滅である。

神経過敏な論説記者は、すでにそれをうれえる論調を示し、世論は漸次《ざんじ》高まりつつあった。商工会議所が動き始めたある日の閣議では、このことが閣僚たちの熱心な話題となった。

白蝙蝠の紋章は、今やブルジョアの恐怖と憎悪の象徴であった。又、一見有利の立場に見える労働者も、白蝙蝠団の真意を推しかねて、一種空恐ろしい感じをいだかないではいられなかった。何といっても、相手は泥棒人殺しの団体なのだ。その暴力を借りて争議の成功をおさめたとあっては、労働階級の名折れだという、正義派も現われて来た。学者論客は、筆をそろえて悪虐白蝙蝠団の全滅を見るまでは、全国の労働者よ、断じて軽挙妄動《けいきょもうどう》すべからずと忠告した。

紡績会社の攪乱者《かくらんしゃ》、殺人鬼の団体を、なぜ放任しておくのか。政治家はねむっているのか。警察は何をしているのだ。と、結局非難攻撃の的は警察だ。中にも、白蝙蝠の本拠東京の警視庁だ。

ところが、なんと途方もないことには、その怪賊退治の責任者、当の警視庁の最高指揮者は、いつの間にかまっかな贋物に、しかも、誰にも見分けることの出来ない、双《ふ》生児《たご》のような怪賊の一員と変わっていた。つまり白蝙蝠団は、彼等にとって唯一の大敵である警視庁を、早くも占領してしまったのだ。

にせ赤松紋太郎氏は、官邸においては前総監夫人と寝室を共にし、登庁しては、部下の首脳者たちの目をたくみにあざむき、にせ物とは云いながら、その手腕あなどり難きものがあった。

にせ総監の机上には決裁すべき重要書類のほかに、市民からの非難攻撃の投書が山とつまれた。彼は毎日定刻に登庁して、書類に盲目印をおすのと、この興味深き投書を読むのが仕事であった。当時総監室をおとずれた庁内の人たちは、彼がさも愉快そうに、ニタニタ笑いながら、総監罵倒《ばとう》の投書文に読みふけっているのを目撃して、この老政治家の太っ腹に驚嘆したものであるが、その実何も驚くことはなかったのだ。彼は警察当局者の無能を、真からおかしがって、投書家と一緒になって、笑っていたに過ぎないのだから。

彼が庁内の事情になれて来るに従って、日夜頭を悩ましたのは、部長だとか課長だとか、各署の署長などを、いかなる名目によって更迭《こうてつ》すべきか。又いかに更迭せば、最も警察能力を低下せしめ得るかという、重大問題であった。にせ総監の陰謀がどんな形を取って現われたか。又その結果ほとんど無警察同然となった帝都に、どのような戦慄すべき禍《わざわい》がかもされるに至ったか、等々は、だが、のちのお話である。

さて警視総監の次に白蝙蝠団の魔手ののびるところは、彼等のプログラムに従えば、内閣総理大臣大河原是之氏の官邸であった。

大河原伯爵一家は、先年夫人を失ってから、養子の俊一《しゅんいち》氏と美禰子《みねこ》さんの二人のほかに肉親はなく、他は召使ばかりの淋しい家庭であった。夫人との間に長く子がなかったために、親戚の俊一を養子に迎えたが、それから数年ののち、ひょっこりと美禰子さんが生まれた。そこで、美禰子さんは養子俊一とめあわせることにして、面倒な相続問題を未然にふせいだ。幸い当人同士も、この結婚に異存はなく、目下は許嫁《いいなずけ》の間柄である。

美禰子さんは容貌は美しく、智恵はたくましく、まことに立派な伯爵令嬢であった。おそく生まれた一粒種で、極度に甘やかされたせいか、たった一つ妙な欠点(或いは長所)を持っていた。それは普通の程度を越えて恵み深いことであった。どうして、それが欠点かというと、彼女の慈悲心はあまりにも突飛な形式で現われることが多かったからである。

たとえば、彼女はある時、道ばたの乞食に、自分の着ていた仕立ておろしの高価なコートをぬいで着せかけたまま、サッサと帰って来たことがある。いや、もっとひどいのは、婆さんの乞食を自動車の中へ拾いあげて、邸宅に連れて戻り、当時まだ在世であった母夫人に、この乞食を家で養ってくれとねだったことさえあった。

美禰子さんの並はずれた慈悲心は、同族間ばかりでなく新聞雑誌のゴシップを通して、広く世間一般の話題にものぼり、亡き伯爵夫人は、この気違いめいた令嬢の美徳を、たった一つの苦労にしていたほどである。

もし大河原伯爵家に、怪賊白蝙蝠の乗ずべき隙があったとすれば、この令嬢の奇癖《きへき》が唯一のものであったかも知れない。それほどこの大政治家の生活には、油断も隙もなかったのだ。それればかりではなく、白蝙蝠の一味は、従来のやり口でもわかる通り、（たとえばにせ品川がわざわざ本物の品川の住宅に逃げ込んで、寸分違わぬ二つの顔を並べて明智小五郎を揶揄《やゆ》したごとき）しいて奇想天外な手段をえらび、その奇怪なる着想を見せびらかす、いわゆる犯罪者の虚栄心を、たっぷり所有していたのである。

で、ある日のこと、伯爵令嬢美禰子さんが、本邸の書斎で、物思いにふけりながら（というのは許嫁の俊一が当時関西の方へ旅行をしていたからで）うっとり窓の外をながめていると、広い庭園の森のような木立の奥から、フラフラと現われて来た奇妙な人物があった。

一見、令嬢と同じくらいの年頃の女であったが、明らかに乞食以上のものではないらしく、身にまとっているものといったら、着物というよりはボロ、ボロというよりは糸屑《いとくず》といったほうがふさわしい代物であった。足ははだしだし、髪の毛は、さんばらにして、幽霊みたいに顔の前に垂れ下がっていた。

普通の娘なら、そんな闖入者《ちんにゅうしゃ》を見たら、奥へ逃げ込むか人を呼ぶかするはずだが、美禰子さんは普通の娘ではなかった。むろん最初は恐れをなして、窓をしめようとさえしたけれど、その次の瞬間には、持ち前の異常な慈悲心がムクムクと頭をもたげて来た。

美禰子さんは、乞食娘が近づいて来るのをじっと待ち構えていた。こんな際に使用する最も慈悲深い言葉を頭の中で探しながら。

乞食は、やがて、窓の下にたどりついて、そこにつっ立ったまま、ジロジロと令嬢をながめ、見かけによらぬ美しい声でいった。

「お嬢さま、なぜお逃げなさらないのです。こわくはないのですか」

ああこの娘は境遇のためにひがんでいるのだ。それであんな皮肉な云い方をするのだ、と令嬢は心の中で考えた。

そこで、出来るだけやさしい声で、まず、

「お前、どこからはいっておいでなの」

と尋ねてみた。

「門から……だって、寝るところがなければどんなとこだってかまってはいられませんわ。あたし、昨夜は、お庭の隅の物置小屋で寝たんです」

案外上品な言葉を使っている。この娘は生まれつきの乞食ではないらしいぞ、と又令嬢は考えた。

「お腹がすいているのでしょう。で誰か身寄りのものはありませんの。お父さんとかお母さんとか」

「なんにもありません。みなし子です。そして、お腹の方はおっしゃる通りペコペコですわ」

「じゃ、人に知れるといけませんから、この窓からはいっていらっしゃい。今わたしが、何かたべるものを探して来て上げますわ」

「誰も来やしませんか」

「大丈夫、この家《うち》には、今あたし一人で、あとは召使のものばかりですから」

これは事実であった。父伯爵は首相官邸にいるのだし、秘書も、(注19)三太夫《さんだゆう》も、みんなその方へ行って、令嬢の慈善行為をさまたげるような手ごわい召使は一人もいないのだ。令嬢自身も、いつもは官邸の方にいて、お父さまの身のまわりなど気をつけてあげる、分相応の役目を持っていた。

しばらくすると、どこから探し出して来たのか、美禰子さんは、ビスケットの罐《かん》とお茶の道具を持って帰って来ると、乞食娘を、きたないとも思わず、立派な椅子にかけさせ、その前のテーブルに、ビスケットの罐を置いて、奇怪千万なお茶の会を開いたのである。

乞食はよっぽど腹がへっていたと見えて、早速ビスケットを五つ六つ一《ひ》とかたまりに頬張ったが、その時、額にたれ下がっていた髪の毛を、うるさそうにかきあげたので、初めて彼女の顔がハッキリながめられた。

なんという美しい乞食であろう。きたない着物にひきかえて、顔だけは、よごれてもいなければ、栄養不良のために憔悴《しょうすい》してもいなかった。目鼻立ちのよくととのった、まっ白な肌。だが、美禰子さんがあんなにもびっくりしたのは乞食娘が思いもよらぬ美人であったことではない。

「まあ、お前……」

さっき乞食の出現にビクともしなかった令嬢が、思わず立ち上がって、ドアの方へ逃げ出しそうにしたほどだ。

「ああ、うれしい。お嬢さまにも、やっぱりそう見えるのですわね」乞食娘は、さもさもうれしそうに叫んだ。「あたし、もう本望だわ。こんな見る影もない乞食の子が、総理大臣で伯爵家のお嬢さまと、そっくりだなんて」

　事実、この二人、伯爵令嬢と乞食娘とは、一方は断髪で光った着物、一方はさんばら髪であらめの様なボロ、という点を別にすると、背恰好から顔形まで、双生児《ふたご》といってもよいほど、そっくりであった。

「あたし、勿体ないことですけれど、もうずっと前からお嬢さまはあたしと、生き写しのようによく似ていらっしゃることを知っていました。もし、あのお嬢さまにお目にかかって、一言でもお話が出来たらと、もうそれが、あたしの一生の望みだったのです。その望みがかなって、あたしこんなうれしいことはありやしませんわ」

　乞食は、目に一杯涙をためていた。

「まあ、世の中に、こんな不思議なことってあるもんでしょうか」

　美禰子さんは、それまでよりも、十倍も慈悲深い心持になって嘆息《たんそく》するようにいった。

　境遇では天と地ほども違った、この二人の娘は、たちまちにして、姉妹《きょうだい》のように仲よしになってしまった。

　美禰子さんが聞くに従って、乞食娘はくわしい身の上話をした。その内容をここに記す必要はないけれど、彼女の身の上はまことにあわれむべきものであった。

言葉は上品だし、顔は美しいし、気質もそんなにひねくれてはいないようだ。

美禰子さんは、もう新しいお友達が、一人ふえでもしたように、有頂天になってしまった。

しめっぽい、身の上話がすむと、乞食娘も高貴の令嬢とお友達みたいにしているうれしさに、だんだん快活になって来たし、令嬢の方でも気のつまる涙話にあきて、はしゃぎ始めた。

「ああ、いいことを思いついたわ。まあ、すてきだわ。ねェお前、あたし今、それはそれは面白い遊び方を考え出したのよ」

美禰子さんが、目を輝かせて叫んだ。

「あら、あなた様と、わたくしとが、何かして遊ぶんですって」

乞食はびっくりして聞き返す。

「ええ、そうよ。あたしね、子供の時分、『乞食王子』っていうお伽噺を読んだことがあるのよ。それで思いついたのだわ。あのね……」

と何かボソボソとささやく。

「まあ、勿体ない。そんなことが……」

乞食娘は、あまりのことにボーッとしてしまって、辞退する言葉も知らぬ体《てい》に見えた。

ああ、美禰子さんの、並はずれた慈悲心が、とんでもない悪戯《いたずら》を考え出してしまった。その結果、あんな大事件が起ころうなどとは、夢にも思わないで。

乞食令嬢

伯爵令嬢は奇抜ないたずらを思いついた。この乞食娘に自分の着物を着せ、自分は乞食のボロを身につけて『乞食王子』という小説の真似をして見ようというのだ。美禰子さんの極端な慈悲心が、このあわれな乞食娘に一時でも伯爵の娘になった夢を見せてやりたいと思ったのだ。

二人は鏡の前で、お互いの着物のとりかえっこをした。乞食娘は令嬢がわざわざ持って来てくれた洗面器でよごれた手を洗い、顔にお化粧をした。

「お前、髪を短くしてもいいかえ」

乞食がうなずくと、令嬢は髪の形まで自分のと寸分たがわぬ断髪に切り縮めてやった。可なり手間取ったけれど、素人細工にしてはうまく出来上がった。

今度は令嬢の番だ。彼女は乞食のボロを身につけ、髪をモジャモジャにして鏡を見た。

「あら、そんな美しい乞食ってございませんわ。お顔にこの眉墨《まゆずみ》を薄くぬって上げましょうか。そうすれば、もう本物ですわ。誰が見たって華族様のご令嬢だなんて思いませんわ」

乞食は図に乗ってそんなことまで云い出したが、美禰子さんはかえって面白がって女学校の仮装会のことなど思い出しながら、乞食のいうがままに、顔一面眉墨をぬらせさえした。

二人はすっかり扮装を終わって、肩を並べて鏡の前に立った。

「どう見たって、わからないわね。私がお前で、お前が私だっていうことは」

「まあ、勿体ない。私はもう死んでも本望でございますわ。一度でも大臣様のお嬢様になれたかと思うと」

「お前、そんなにうれしいかえ」

令嬢になった乞食よりも、乞食になった美禰子さんの方がかえってうれしそうだ。

彼女はしばらく鏡を見つめていたが、何を思ったか、クスクス笑い出して、

「お前、もっとおすましてね、あちらの、書生や小間使いなんかのいる部屋をね、見廻って来てごらん。そして、もう少しも疑われないで帰ってお出でだったら、そうね、

何か御褒美《ごほうび》あげてもいいわ」

乞食娘は、まさかそんなことと、尻ごみしていたが、令嬢がドアをあけて突き出すようにするものだから、しぶしぶ廊下へ出て、ひっそりとした邸内を、勝手元の方へ歩いて行った。

廊下を曲がると、向こうから書生がやって来るのに出会った。それを見た乞食娘はいきなりキャッと悲鳴を上げて、書生目がけて走って行った。逃げようとしてとまどいしたのかしら。それにしてはどうも様子がおかしい。と見るまに、実に驚くべきことが始まった。

「お前、早く来ておくれ。大変なのよ。私の部屋にね、乞食女がはいって、部屋をかき廻しているのよ。早く、早くあれを追い出しておくれ」

美禰子さんに扮装した乞食娘が、途方もないことを訴えた。

「え、乞食が？　お嬢さまのお部屋に？　とんでもないやつだ。ここに待っていらっしゃい。すぐにつかみ出してやりますから」

書生は何の疑うところもなく、廊下を一《ひ》と飛《と》びに走って令嬢の部屋へ来て見ると、まっ黒な顔をしたきたない乞食女が図々しくも令嬢の椅子に腰かけて、ゆうゆうとお茶を飲んでいるではないか。

「こらッ、貴様一体何者だ。ここをどこだと思っている。グズグズしていると警察へ引き渡すぞ」

書生が恐ろしい見幕《けんまく》でどなっても、ふてぶてしい乞食女は平気なものだ。

「あら、何を怒っているの。ちょっといたずらをして見ただけなのよ。怒ることはないわ」

書生はあきれ返ってしまった。

「ばか。ちょっといたずらに人の部屋へはいってこられてたまるもんか。さア出ろ。出なければこうしてくれる」

彼はいきなり乞食女（その実令嬢美禰子さん）の頸筋をつかんで、えらい力で、窓の外へほうり出してしまった。

美禰子さんはひどく憤慨して、書生の無礼を叱ったが、何のききめもない。いたずらが過ぎたのだ。二人の扮装があまりによく出来たのだ、書生にさえ見分けがつかぬのだ。と気づくと、令嬢は怒ることをやめて、おとなしく説明を始めたが、書生はどうしても承知しない。気違い扱いにして取り合おうともしない。無理はないのだ、たとい乞食の顔が令嬢に似ていたところで、本物の令嬢は廊下に待っている。まさか伯爵令嬢が乞食の扮装をしようなどと誰が想像するものか。その上令嬢になりきった乞食娘の方では、そんな着物のとりかえっこをした覚えはない。顔が似ているのをいいことにして、そいつは飛んでもない言いがかりをつけるのだと、まことしやかに云い張るものだから、一層相手が気違い乞食に見えて来るのだ。

結局可哀そうな美禰子さんは、何と弁解しても聞き入れられず、書生や門番の手で、荒々しく門外へほうり出されてしまった。

そうなると深窓に育ったお嬢さんには、何の思案も浮かばぬ。ただ腹が立つ、激昂《げっこう》のあまり云いたいことも充分にはいえない。どうしようどうしようと門前に立ちつくしているうちに、自然頭に浮かんで来るのは、慈悲深き父伯爵のことだ。そうだ。お父さまなら、まさか娘を見違えはなさるまい。お父さまにお会いしよう。それがいい。と心をきめて遠くもあらぬ首相官邸へとトボトボ歩き出した。

道行く人が振り返ってながめて行く。何となくなまめかしい乞食だからだ。しかし、美禰子さんにしては夢にも考えたことのない屈辱《くつじょく》の道中だ。いきなり地面に泣き伏したいほどの気持を、やっと励まして歩いて行く。

二、三丁歩いた時分、けたたましい警笛に飛びのいて見送ると、見覚えのある自邸の自動車。誰かしらとあやしむうちに、車は遠くに隔たって行った。美禰子さんは気づかなかったけれど、その車には伯爵令嬢になりすましたさっきの乞食が乗っていたのだ。行先は同じ首相官邸。機敏な彼女は先廻りをして、美禰子さんが父伯爵に会うことを妨げようとするつもりだ。

しばらくして美禰子さんの乞食女が官邸門前にたどりついた時には、旨《むね》を含められた門番の親父が手ぐすね引いて待ちかまえていた。

彼は門を入ろうとする乞食娘を突き飛ばしておいてどなった。

「案の定うせおったな。お前のことは、もうちゃんとこちらへわかっているのだ。一と足でも門内に入れるこっちゃないぞ」

突き倒された美禰子さんは、あまりのことに立ち上がる力もなく、そのまま地面に頭をつけて、くやし泣きに泣き入ってしまった。

ふと思いついた『乞食王子』のいたずらが、こうまであのお伽噺の筋そのままに進展しようとは、思いもかけぬところであった。だが、或いはこうなるのが当然の運命かも知れぬ。世の中に私とあの娘のように、まるで瓜二つの人間が存在することを、誰が信じるものか。対決をさせて見たところで両方が同じことを主張すれば、現に令嬢の地位にいる方が勝利を得るは知れたことだ。それゆえにこそ、お話の中の王子さまは、あんなにも御苦労なされたのではないか。と考えると、いよいよ望みが絶えたような気がして、美禰子さんはただ泣くよりほかにせん術を知らぬのであった。

麻酔剤

さて、お話を少し早めなければならぬ。同じことをいつまで書いていても際限がないからである。

美禰子嬢は、それからどうなったか。白蝙蝠団の陰謀は見事図に当たって、彼女は仮初《かりそめ》の扮装が仇《あだ》となり、とうとう乞食の群に身を落とす運命となった。乞食となり下がった伯爵令嬢の不思議にも痛ましき身の上、それを細叙したならば、おそらく一篇の異様な物語が出来上がることであろうが、今はその暇《いとま》がない。

その翌日、美禰子さんの許嫁の俊一が大阪のホテルで奇怪な死をとげた。むろんこれも白蝙蝠団の魔手がのびたので、彼らは令嬢すりかえを看破し得るものは、許嫁の俊一のほかにはない。この邪魔者をまずのぞかないでは、最後の目的である大河原伯爵に対する陰謀に、安心して着手することが出来ぬと考えたのだ。

さて、引き続いて起こった二つの事件から十日ほどたって、俊一の葬儀も終わった頃、大河原首相官邸に突発した奇怪千万な出来事。

ある夕方、非常に長引いた閣議が終わって、引き上げて行く閣僚達を見送った首相は、いつになく疲労を覚えたので、私室に入ってグッタリと椅子にもたれていた。養子俊一の変死が、伯爵の私生活に悲しい空虚《くうきょ》を作った。彼は首相としての激務にわずかの隙を見出すと、知らぬ間にその空虚へおちいっているのを発見した。

その上、彼にはもう一つ変な心懸《こころがか》りがあった。ついさっき、閣議の始まる前に、野村秘書官がささやいた彼の一身にかかる重大な事柄だ。彼はそれを聞いた時、秘書官が気でも違ったか或いは白昼の夢を見ているのではないかと疑った。何をばかなことをいっているかと叱りつけようとした。だが、野村の態度なり言葉なりが、長年人を見なれた伯爵には、どうしてもでたらめとは思えなかった。

現実の出来事にはかって恐れをいだかぬ大政治家も、この妙な悪のような感情を、いかに処分すべきかに困惑した。ばかばかしいと一笑に附し去るはたやすい。しかし、野村秘書官がまさか気が違ったのではあるまい。俺はあの男の指図した奇妙なお芝居を演じなければならぬのだろうか。

伯爵が思案に耽《ふけ》っているところへ、ちょうど彼が今幻にえがいていた人物がはいって来た。令嬢の美禰子さんだ。

「お紅茶を持って参りました」

伯爵はなぜかギョッとしたように、娘を見つめた。

「お前美禰子だね。美禰子に違いないね」

「まあ、何をおっしゃいますの、お父さま」

令嬢は鈴のように笑って見せた。

伯爵は娘の手から紅茶の容器を取って、口へ持って行きながら、

「お前、これをお父さまに飲ませるのだね」

と底力のある声で、念を押すようにいった。

すると今度は美禰子さんがサッと青ざめて、非常な狼狽の様を示したが、さすがに一瞬間で元の冷静を取り戻した。

「まあ、変なことばっかり。お父さま、今日はよっぽど、お疲れのようですこと」

伯爵はやっぱり美禰子さんを見つめたまま、唇の隅に薄気味悪い微笑を浮かべながら、紅茶茶碗に口をつけた。

厚い唇の前で、紅茶茶碗がだんだん斜めになって行く。喉仏《のどぼとけ》がゴクリゴクリと上下に動く。またたくうちに、伯爵はそれをすっかり飲み干してしまった。

美禰子さんは、キョロキョロと部屋の中を見廻しながら、なぜか落ちつかぬ様子で、伯爵の前の椅子に腰かけていた。顔はまっさおになり、押さえても押さえても、小刻みに震えて来るのをどうすることも出来ない体《てい》である。

ちょうどそこへ、野村秘書官がはいって来た。彼は伯爵がすでに紅茶を飲みほした

ことを知ると、す早く令嬢と妙な目くばせをして、すぐ何気ない体《てい》をよそおいながら、伯爵の前へ進んで行った。

「唯今内務大臣から御使いです。至急御披見《ごひけん》が願いたいということでした」

差出す一通の書状、伯爵はそれを開封して読み始めたが二、三行も読まぬうちに、彼の額に妙な曇りが現われ、手紙を持つ手が力なくたれていった。

「どうかなさいましたか、閣下。御気分が悪いのですか」

「お父さま。お父さま」

秘書と令嬢とが同時にかけよって、伯爵の巨軀《きょく》をささえるようにしたが、伯爵はすでに昏々《こんこん》と不自然な眠りにおちいっていた。

秘書はそれを見ると入口に走って、邸内の人々を呼ぶのかと思うと、そうではなく、かえって内部からドアに鍵をかけてしまった。

伯爵はいつの間にか椅子をすべり落ちて、床の上に横たわっていた。

「うまくいったわね」

令嬢美禰子さんが、お芝居の毒婦のような言葉を使った。

「君の腕前には感心しましたよ。四人目がかたづいたというものです」

野村秘書官が云った。四人目とは白蝙蝠団の人名表の第四番目を意味するのだ。

ああ、何という奇怪千万な事実であろう。賊は内閣総理大臣をたおすのに、まずその令嬢の入れかえを行い、次に養子の俊一を亡きものにし、いつの間にか野村秘書官まですりかえてしまったのだ。本物の野村氏は、多年伯爵の恩顧《おんこ》を受けた清廉潔白の士、犯罪団に引き入れられるような人物ではない。ここにいる秘書官は、野村氏と寸分違わぬ別人にきまっている。

「さあ、手を貸して下さい」

にせ秘書官がにせ令嬢をうながして、たわいなく眠りこけた伯爵の身体を、一隅の押入れの前まで引っ張って行った。秘書が鍵で戸を開く。伯爵の身体がその中へ押し込まれる。

「あとは僕一人で大丈夫。あなたは窓の外を見張っていて下さい」

彼はそういい捨てて、まっ暗な押入れの中へ姿を消した。そこにはかねて持ち込んでおいた寝棺《ねかん》のような箱がある。その中には白蝙蝠団から派遣されたにせの大河原伯爵が忍び込んでいるのだ。にせ伯爵が箱を出る。にせ秘書と二人で本物の伯爵を箱に入れる。蓋をして鍵をかける。これで難なく総理大臣のすりかえが完結するのだ。本物の伯爵をとじこめた箱はそのまま押入れに隠しておいて、機を見て持ち出す手筈《てはず》になっている。

闇の中でゴトゴトやっていたにせ秘書官が、やがてそこを立ち出でると、あとに随《したが》って現われたのは、不思議や不思議、今麻酔薬で眠りこけた伯爵が、ケロリと目覚めて出て来たとしか見えぬ、どこからどこまで大河原首相そのままの人物だ。

「まあ、お父さま」

美禰子さんが、驚嘆の叫びを発して、その人物に近づいて行った。

「ウン、美禰子か」

にせ伯爵は、登場早々もうお芝居を始めた。

「で、閣下、唯今の内務大臣への御返事はいかがいたしましょうか」

にせ秘書がしかつめらしくいった。にせもの三幅対《さんぷくつい》だ。

「そうだな。手紙の返事はよろしいが、一つ警視総監に電話をかけてくれたまえ、もう退庁していたら官邸へかけるのだ。そして、総監が心酔《しんすい》している民間探偵の明智小五郎を同道して、すぐここへ来るように。ア、待ちたまえ。ちょっと重大な事件が起こったので、腕利きの部下を五、六名同道するようにいってくれたまえ。相手はなかなか手強いやつだといってね」

首相みずからかくのごとき異様な命令を発するとは、かつて前例のないことだ。しかし、どうせ相手はにせ総監、にせ素人探偵だ。同類からの電話なら飛んで来るにきまっている。

だが、伯爵は何のために総監や明智を呼ぶのであろう。二人だけならまだわかっているが、屈強の警官数名をともなってこいというのは、どうも変だ。一体全体ここで何を始めるつもりであろう。令嬢美禰子さんは不思議に思わないではいられなかった。そんな事は予定の筋書になかったからだ。

しかし、野村秘書官は、何の不審もいだかぬ体《てい》で、ドアをあけて、電話室へ立ち去ったが、間もなく引き返して来て、「総監はすぐお出でになります」と報告した。

露顕

三十分ほどたって、伯爵と秘書官とが、別の応接室で待ち受けているところへ、ドヤドヤと警視総監の一行が乗り込んで来た。

テーブルを囲んで椅子についたのは、伯爵、野村秘書、赤松警視総監、明智小五郎の四人、同道した警官達は玄関の外に待っているのだ。

明智小五郎は入口に立って廊下を見廻し、誰もいないことを確かめると、ドアを密閉して席に戻りながら、

「ああ、令嬢の美禰子さんは？」

と伯爵と秘書を見ていった。

「やっぱり心配になりますかね。芳江さんは非常な元気であちらの部屋においでですよ」

野村秘書がニヤニヤして答えた。おやおや令嬢美禰子さんがいつの間にか芳江さんと呼ばれている。芳江といえばこの物語の前段にたびたび顔を出した青木愛之助の愛妻の名前ではなかったか。しかも彼女は「片手美人」事件ですでに世になきはずの人だ。

「ところで、至急の用件というのは何だね。伯爵」

警視総監が、日頃とはまるで違った、失礼千万な言葉で伯爵に尋ねた。むろん彼は伯爵がすでにかえ玉とかわっていることを、野村秘書から聞いていたのだ。

「ウン、実は非常な犯罪者がこの邸内にいるのだ。それを即刻捕縛《ほばく》してもらいたいと思ってね」

伯爵が落ちついていった。

「犯罪者？　泥棒かね。そんなものをつかまえるのに、総監自身ご出馬というのは変な話だね。オイオイ伯爵、もうちっと自重してくれないと、化《ばけ》の皮がはげるぜ」

「泥棒なんかで君を呼びはしない。国事犯だ。いや、国事犯といっただけでは足らぬ。共産党よりも、革命よりも、もっと恐ろしい犯罪だ」

「オイ、伯爵、おどかしっこなしだぜ。いたずらもいい加減にしたまえ。わざわざ呼びつけておいて」

警視総監は笑い出した。

「いや、冗談をいっているのではない。ともかく、君の引き連れて来た部下をこの部屋へ呼び集めてくれたまえ」

「ほんとうかね。オイ」

赤松総監は救いを求めるように野村秘書を見た。

「ほんとうだよ。僕達で少し相談したい事があるんだ。やっぱり団の仕事のうちなのだ。警官たちを呼ぶがいい」

「それじゃ、書生に命じてくれたまえ」

やっと総監が納得したので、野村秘書はすぐさま呼鈴のぼたんを押した。

間もなく、五名の腕っ節の強そうな巡査がはいって来た。

「大河原さん。で、その犯罪と申しますのは？」

赤松氏が警官の手前、言葉を改めて尋ねた。

「犯罪というのは今申す通り、非常に重大な国事犯です。政府を転覆《てんぷく》し、全国に一大擾乱《じょうらん》を巻き起こそうという、驚くべき陰謀です」

それを聞くと総監は変な顔をした。伯爵は白蝙蝠団のことをいっているとしか考えられなかった。

「で、犯人がこの官邸に潜伏しているとおっしゃるのですね。それは一体どこです」

「ここです。この部屋です」

総監と明智とは、キョロキョロと室内を見廻した。だが別に人の隠れる場所もない。

「赤松さん。警官たちに捕縄《ほじょう》の用意をさせて下さい。そして犯人を捕縛することを命じて下さい」

伯爵が居丈高にいった。

「誰をですか」

「斧村錠一《おのむらじょういち》と青木愛之助の両名をです」

横合いから野村秘書がどなった。

それを聞くと、赤松総監と明智小五郎とがスックと座を立って、まっさおな顔で一座を見廻しながら思わず身構えをして叫んだ。

「それは一体誰のことです。そんなやつがここにいるのですか」

野村秘書も二人に対抗するように立ち上がった。そして片隅に並んでいた警官たちを手招きしながらどなった。

「諸君、警視総監と明智小五郎を逮捕するのだ。こいつらは総監でも明智小五郎でも何でもない。斧村、青木という白蝙蝠団の団員だ。さあ、なにを躊躇しているのだ。早く取り押さえるのだ」

だが、警官たちは、さすがにためらった。これがはたしてにせものであろうか。数カ月来彼らの大長官としてつかえて来たこの人物が、白蝙蝠団員などと、どうして信じることが出来よう。

「アハハハハ、君は気でも違ったのか。大河原さん。この熱病やみを放逐《ほうちく》して下さい。こんなことをしゃべらせて、あなたは平気なのですか」総監がわめく。

「私も野村君と同意見です。警官諸君、大河原の命令じゃ。この二人のものを捕縛しなさい」

「待て、待って下さい。この私が赤松でないとおっしゃるのか。これは面白い。どうして私が赤松でないのか。その理由を明らかにして下さい」

「君は斧村錠一だからだ」

野村秘書が答える。

「斧村錠一？　聞いたこともない名前だ。だが、もしそんな男がいたところで、その斧村がどうして赤松と同じ顔をして、しかも警視庁の総監室におさまっていることが出来るのだ。いつの間に斧村が赤松に変わったのだ。狐や狸《たぬき》じゃあるまいし、そんな寸分違わぬ人間が、この世に二人いてたまるものか。気違い沙汰《ざた》もたいていにするがいい」

赤松氏は、さっきぞんざいな口をきいたことは棚に上げて、プンプン怒って見せた。これが最後の手段なのだ。たとえ正体がばれたところで、この一点だけは誰にも説明がつかぬ。したがってあくまで云い張れば、相手はどうすることも出来まいと、高をくくっているのだ。

「オイ斧村、君は僕を誰だと思っているのだね」

「僕は斧村じゃない。だが、君は野村君にきまっているじゃないか」

「ほんとうの野村秘書官に、君の陰謀が看破出来ると思うかね」

赤松氏はグッと行き詰まった。一体全体、これは何事が起こったのだ。野村秘書官はむろん贋物と変わっているはずだ。しかもその贋物を勤めている男は、最も信頼すべき団員の一人、竹田という共産主義者のはずだ。そいつがどうして、こんなばかばかしい裏切りを始めたのであろう。大河原首相とても同じこと、にせ令嬢とにせ秘書官が麻酔剤を飲ませて贋物とのすりかえが出来ている手順ではないか。それが思いもかけずこの始末は、どうしたというのであろう。

では野村秘書官は贋物ではないのかと思うと、今の言葉ではそうでもないらしい。本物でもなく、代役の竹田でもないとすると、この男は全体誰なのだ。

「君は誰だ。君は誰だ」

赤松氏は、しどろもどろになって叫んだ。

悪魔の製造工場

「僕は明智小五郎だよ」

野村秘書は、そういいながら巧妙な鬘《かつら》や附眉毛《つけまゆげ》や含み綿を取り除いて、つるりと顔をなでおろした。

「どうだね。君たちの工場の人間改造術と僕の変装術と、どちらが便利だね。ハハハハハ」

驚くべし、そういって笑ったのは、まぎれもない名探偵明智小五郎だ。額の皺から、唇の曲線から、目の大きさから、声の調子に至るまで、そこにいた野村秘書官の面影は、どこを探しても発見することは出来なかった。

「僕は君たちの巣窟《そうくつ》にとらわれていた。だから君たち白蝙蝠の陰謀はなにからなにまで知っているのだ。青木芳江が大河原令嬢になりすまして、伯爵に麻酔剤を飲ませることもわかっていたのだ。あの女の持っている麻酔剤を、無害の粉薬とすりかえておいて、伯爵にお願いして、わざと寝入った振りをして頂いたのだ。そして、伯爵の身体を押入れの中の偽物と入れかえると見せかけて、暗闇を幸い入れかえをしなかったのだ。だからあの箱の中には今でも君たちの仲間がとじこめられているわけだよ」

一座の人々は、名探偵の劇的出現に、アッと驚きの声をあげた。

赤松氏は思わず横にいたにせの明智小五郎を見た。寸分違ったところはない。明智小五郎と明智小五郎が相対してにらみあっているのだ。だが、誰よりもびっくりしたのはにせの明智になりすました青木愛之助であった。彼がもし真からの悪党であったなら、本物の明智に対して、貴様こそ贋物だといいはったであろうが。そうすれば、このまったく瓜二つの両人の真偽判別はちょっと不可能であったかも知れないのだが、読者も御承知の通り、青木という男はただ極端な猟奇者というだけで、根はごく小心者だったから、そこまで我慢がしきれず、第一番にその部屋を逃げ出そうとしたのである。

青木が逃げ腰になると、悪党の斧村錠一も一人踏みとどまる勇気はなく、彼のあとについて、入口へとかけだした。

「何をボンヤリしているのだ。諸君、そいつをつかまえるのだ」

明智が叫んだけれど、あまりの驚きに、夢見る心地で、警官たちは賊を追おうともしない。止めだてするものがないのを幸い、二人の賊は、たちまち入口に達して、サッとドアを開き、いきなり廊下へ飛び出そうとした。だが、飛び出そうとした両人は何を見たのかギョッとそこへ棒立ちになってしまった。

「総監閣下、どうもやむをえません。無礼の段はお許し下さい」

廊下から太い声が皮肉な調子で聞こえた。見ると、ドアのすぐ外に立ちはだかったお馴染の波越鬼警部。その手にはピストルの筒口が気味わるく光っている。抜け目のない明智小五郎は、万一の用意にソッとこの親友を呼び寄せておいたのだ。

かくして白蝙蝠の一味、斧村、青木、竹田（例の箱の中にひそんでいた大河原伯の贋物）の三人は、何の造作もなく逮捕せられ、五名の警官がその縄尻を取って別間に引き下がった。

傲岸不屈《ごうがんふくつ》当代比類なき大政治家ではあったが、さすがの大河原伯爵も、こんなへんてこれんな、どんな悪夢の中にも滅多に出て来ないような、奇怪事に出くわしたのは生まれて初めてだった。彼は悪人ばらが捕縛されるのを目にしながらも、何だかまだ現実の出来事と信じきれない、不思議な夢心地で、当然心配しなければならぬ令嬢美禰子さんのことさえ思い浮かばぬほどであった。

「あり得べからざることです。この恐ろしさは個人的な恐怖ではありません。人類の恐怖です。世界の恐怖です」

明智が語り続けるのを伯爵がさえぎっていった。

「信じ得ない。それは神の許さぬことだ。奴らも君と同じような一種の変装術を用いているのではないか」

「決して。彼らは真から容貌が変わっているのです。たとえば青木夫妻のごとき人間が、どうして私の変装術を真似ることが出来ましょう。私は少なくも十年間の絶え間なき研究と練習をつんで、やっと随意に顔の皺まで変える術を会得《えとく》したのです。素人の彼らに出来ることではないのです。彼らのは私のように変通自在《へんつうじざい》ではありません。決定的のものです、一度容貌を変えたなら、そのまま永久に続くのです」

「夢だ。皆が夢を見ているのだ」

「いや、夢ではありません。私は彼らの製造過程をある程度まで説明することは出来ます。それよりも一度彼らの工場をお目にかけたいと存じます。このような比喩《ひゆ》を申し上げるのは失礼かも知れませんが、閣下は多分寛政《かんせい》以前に飛行機を製作した岡山《おかやま》の表具師幸吉《ひょうぐしこうきち》の事をお聞き及びでございましょう。彼は鳥の真似をして、張り子の翼で屋根の上から飛び降りたのです。むろん人々はこの頓狂《とんきょう》な行いを見て、大笑いをしました。町奉行《まちぶぎょう》は彼を追放の刑に処しました。飛行機ばかりではありません。ラジオでもテレビジョンでも、昔のユートピア作者たちがそれをえがいた時にはいつもいつも大笑いでした。一顧《いっこ》の価値なき痴人《ちじん》の夢とけなしつけられたのです」

明智がここまでしゃべった時、邸内のどこかで、帛《きぬ》を裂くような女の悲鳴が聞こえた。

「行って見よう。波越君」

明智は警部と一緒に部屋を飛び出した。

「大変です。お嬢さまのお部屋で」

皆まで聞かず、書生の案内で令嬢の部屋へかけつけた。甲高いののしり声、ドタンバタンと何かがぶつかる物音。

明智がいきなりドアを開いた。見ると部屋のまんなかに子犬のようにもつれ合う二つの肉団《にくだん》。一人は伯爵令嬢の美禰子さん。一人は見も知らぬ女乞食だ。しかも不思議なことに、悲鳴を上げているのは、令嬢ではなくて、不気味な女乞食の方である。

靴をはいた兎《うさぎ》

それを見た波越鬼警部は、いきなり飛び込んで行って、乞食娘の横面をガンとくらわせた。

「引っくくってしまえ」

警部が部下の巡査に命令した。

「待ちたまえ。波越君。乱暴なことをしちゃいけない。君が今なぐったのは誰だと思う。伯爵の令嬢だぜ」

明智が注意しても、警部にはまだ事の仔細がわからぬ。

「ばかを云いたまえ。お嬢さんをなぐるものか。この乞食娘だ、こいつがお嬢さんに失礼を働いていたからだ」

「君がお嬢さんというのは、あいつのことかね」

明智が指さすところに、まっさおになって突っ立っているのは、どう見ても伯爵令嬢だ。

「あいつって、あれがお嬢さんでないというのか」

「君は、白蝙蝠団の魔術を忘れたのかね。あれは君、青木愛之助の細君の芳江という女だよ。……ほら、逃げ出した。何よりの証拠だ」

　窓から飛び降りようとする、美禰子さんに化けた芳江を、一人の巡査がとり押さえた。

　なるほど顔を見れば美禰子に違いないのだけれど、そのきたない乞食娘が令嬢だと聞いた時には、父親の大河原伯爵さえ、容易に信じ得なかったほどである。

「悪魔の製造工場が、この世に送り出した、贋物の人物が六人あります。そのうち三人は御覧の通り始末をつけました。あとの三人というのは、青木愛之助の友人の、科学雑誌社長品川四郎と、岩淵紡績社長宮崎常右衛門と、伯爵の秘書野村弘一ですが、にせ野村秘書官は、波越君の手で、警視庁の地下室にほうりこんでしまいました。にせ宮崎常右衛門は警視庁の別の一隊が逮捕に向かいましたから、今頃はもう引っくくられている時分です。残る品川四郎は、白蝙蝠団の首領ともいうべき人物ですが、こいつを逮捕することと、それから、気掛りなのは、賊の巣窟にとじこめられている、本物の警視総監と宮崎氏と、野村秘書官です。我々は一刻も早く、この三人を救い出さなければなりません」

　明智が説明した。

「むろん、即刻その手配をしなければならぬ。と同時に、この驚嘆すべき陰謀が、新聞記者に漏れ世間にひろがるのを極力防止することが絶対に必要だ。ところで、賊の巣窟にさし向ける人数は？」

大河原伯爵は極度に緊張した面持ちで尋ねた。

「賊は六人です。そのうち半数はまったく犯罪の意志がないのですから、正確にいえば三人です。ほとんど抵抗力はありません。賊と同数か、或いは二、三人余分の人数があれば結構です」

そこで協議の結果、刑事部捜査課長と、波越警部と、腕利きの刑事六人、明智小五郎の九名が賊の逮捕に向かうこととなった。

三台の自動車が、警視庁を出発し、明智の指図にしたがって、郊外池袋に疾駆《しっく》した。

車が止まったのは、読者諸君は記憶されるであろう、かつて青木愛之助が幽霊男を尾行して、むごたらしい殺人の光景を隙見した、あの奇妙な一軒家である。

相変わらず、人気《ひとけ》のない空家みたいな古洋館だ。入口の戸を押せば、難なく開く。これがあの怪賊の隠れがかしら。それにしてはあんまりあけっぱなしな、不用心な隠れがではないか。

一同はドカドカと、薄暗い、ほこりだらけの屋内へはいって行った。

いくつかの部屋を通り過ぎて、裏口に近い一室に出るとそこに地下室への階段が開いている。

明智が先頭に立って、昼間でもまっくらなものだから、用意の懐中電燈を振りながら降りて行く。降り切ったところは、物置のような煉瓦《れんが》造りの小部屋になっている。西洋のセラーというやつだ。空樽《あきだる》、炭俵《すみだわら》、椅子のこわれたの、いろいろのがらくた道具が、滅茶苦茶にほうりこんである。この洋館にこの地下室、別段不思議もない。

「さあ、いよいよ賊の隠れがの入口へ来ました。武器の用意をして下さい」

明智がささやくような声でいった。武器というのは、ピストルのことを意味するのだ。

「だが君、地下室はこれだけの部屋で、別に抜け道もないようだが、ここが隠れがの入口とは、どういう意味だね」

捜査課長が、不審そうに尋ねた。

「それがこの隠れがの安全なわけです。地下室の奥に又別の部屋があろうとは誰も想像しませんからね。しかし、この壁は行止まりではないのです」

明智は小声で説明しながら、正面の壁の煉瓦の一つを取りはずして、その穴へ手を入れて何かしたかと思うと、驚くべし、壁の一部が、ドアのように、ソロソロと開いて行って、ポッカリと大きな穴が出来た。

穴の奥から、かすかに光が漏れて来る。

明智を先頭に、一同ピストルを手にして、闇の細道を、奥へ奥へとたどると、突き当たりに、又ドアがある。明智は一同を闇の中に待たせておいて、単身、そのドアをあけてはいって行った。

広い部屋に、人形が一杯並んでいる。かつての青木愛之助が、目隠しをされて、連れて来られたのも、この同じ部屋であった。

「青木君じゃないか。どうしたんだ、何か急用が起こったのか」

部屋の向こうから、一人の男が飛び出して来て声をかけた。

品川四郎だ。いうまでもなく、贋物の例の幽霊男である、

明智は相手が何をいっているのか、すぐには理解出来なかったが、ふと気がつくと、非常に滑稽な間違いが起こっていることがわかった。

幽霊男は、彼を「青木君」と呼んだ。青木愛之助の意味だ。いくら蠟燭の光でも、人の顔を見間違えるほど暗くはない。決して見違いではないのだ。青木と呼ぶのが当然なのだ。

なぜといって、青木愛之助は、今では元の姿を失って、明智小五郎に改造されている。明智を青木と勘違いするのは無理もないことだ。それに、幽霊男はにせ青木の明

智が逮捕されたとは知るよしもなく、一方本物の明智がこの空家を逃げ出したのも、まだ気づいていないのだから、今外からはいって来たのが、にせの明智すなわち青木愛之助だと思い込んでいるのは、当然のことなのだ。

それを悟ると、明智はおかしさをこらえ、とっさの機転、賊のしばしば用いたトリックを逆用して、さも青木らしくよそおいながら、

「大変です。警察がこの隠れがを悟ったらしいのです。いや、悟ったばかりではない。もうとっくに、敵の廻しものが、姿を変えてここへはいりこんでいるのです」

とあわただしくささやいた。

「え、警察の廻しものが？」贋品川はサッと顔色を変えた。

「そいつはどこにいるのだ」

「ここにいるのです」

「ここというと？」

「この部屋にです」

「オイ、冗談をいっている場合ではないぜ。この部屋には君と僕のほかに誰もいないじゃないか。それとも、あの人形どもの中に、そいつがいるとでも」

幽霊男は、不気味そうに、むらがるはだか人形を見廻した。

蠟細工の人形どもは、黒い目をパッチリ開いて、まるで生きているように、ジロジロとこちらをながめている。その人にほんとうの人間がまじっていても、ちっとも見わけがつかぬほどだ。

「人形にばけているのじゃありません。もっとうまい変装ですよ」

明智はニヤニヤ笑いながらいった。

「もっとうまい変装！　君は一体何をいっているのだ」

首領は、云い知れぬ恐怖を感じ始めた。何かえたいの知れぬ、不気味千万なことが起こりかけているのを予感して、おびえた目で相手を凝視した
「ハハハ、わかりませんか」

明智の方でもだんだん正体を現わして行く。

「つまり、君は、その廻し者が、この部屋にいるというのだね。ところでこの部屋にいる人間はたった二人、僕と君だ。すると……」

にせ品川はどもった。

「やっとわかりかけて来ましたね」

「あり得ないことだ。君は気でも違ったのか」首領はまっ、さ、さおになってどなった。「あいつは、奥の部屋に監禁してある。たった今、部屋の中をゴトゴト歩き廻っているの

を、ちゃんと確かめて来たばかりだ。あいつが外から帰って来るはずがないのだ。君は青木だ。もう一人のやつではない」

「ところが、青木でない証拠には、ほら、僕は君を逮捕しようとしているのですよ。ほらね」

明智はそう云いながら、相手の背中をコツコツたたいた。にせ品川は、それが指ではない、もっと堅いもの、たとえばピストルの筒口のごときものであることを感じて、ハッとなった。

「さあ、諸君、はいってもよろしい」

明智が大声に呼ぶと、待ち構えていた警官たちが、ドヤドヤとはいって来た。白蝙蝠の首領はかようにして苦もなく縄をかけられてしまった。

残る二人の団員も、騒ぎを聞きつけて、コソコソ逃げ出すところを、有無をいわせず取り押さえてしまった。その内の一人は、かつて、しばしば浅草公園に現われたお面のような美しい顔の青年であった。

一同は三人の虜《とりこ》を引きつれて、なおも奥へと進んで行った。途中に、厳重な戸締まりをした小部屋があって、耳をすますと、中からコトコトと人の歩いているような音が聞こえて来た。

にせ品川は、それを聞きつけて妙な顔をした。彼はその部屋の中に、本物の明智がいると信じきっていたのだ。

「あの音かね」明智はクスクス笑いながら説明した。「あれは君、君たちが実験用にかっている兎だよ。兎が僕の靴をはいて飛び廻っているのだよ」

賊の巣窟には、不可思議な外科病院があって、そこの実験用に家兎《かと》が飼養《しよう》してあった。その一匹が靴をしばりつけられて、明智の代理を勤めていたのだ。

賊はあいた口がふさがらぬ。

「さあ、今度は君たちの番だ。自分の作った牢屋でしばらく静かにしているのだ」

明智は刑事たちを指図して、三人の賊をその小部屋にとじこめ、外から鍵をかけ、入口には念のため、一人の刑事を見張り番に残しておいた。

人間改造術

トンネルみたいな廊下を一《ひ》と曲《ま》がりすると、鉄格子で区切られた十坪ほどの広い部屋があった。

部屋の中には、病院のようにズラリと寝台がならび、三人の顔を繃帯で包まれた人物が、寝台に横たわっている。その枕元には、電気治療機のようなもの、メスの棚、薬瓶の棚、その他わけのわからぬ、ピカピカ光った、さまざまの不気味な器具が所せまく並べてある。

その中を、せわしそうに歩き廻っている三人の男。その一人は、モジャモジャの白髪、顔をうずめた白髯《はくぜん》、ロイド眼鏡の奥からギロギロ光る目、何となく不安な、気違いめいた様子の老人で、外科医のような白い手術着を着ている。牢獄病院の院長といった恰好だ。ほかの二人は同じく手術着を着ているが、まだほんの青年で、助手の格である。

明智はにせ品川から取り上げた鍵で、鉄格子を開いて、一同を奇妙な病院の中へ案内した。二人の助手は、警官の姿に驚いて部屋の隅へ逃げこみ、小さくなっていたが、院長の白髪老人は、ビクともせず、一同の前に立ちふさがって恐ろしい声でどなりつけた。

「オイオイ、お前方は何者だ。無闇にはいって来てはいかん。大切な仕事の邪魔になるのを知らんのか」

「いや、大川《おおかわ》博士、邪魔をしに来たのではありません。私たちは先生の驚くべきご事業を参観に参った者です。ご高説を拝聴に参ったものです」

明智が丁寧な言葉でいった。

「ウン、さようか。それならば別段叱りもせぬが、お前たちはわしの学説を聞きに来たというが、多少でも医学を心得ておるのか」

「いや、医学者ではありません。この方々は警視庁のお役人です。つまり役目がら、先生のご発明がどんなものであるかを、一応うかがっておきたいと申しますので」

「ああ、役人か。役人がわしの仕事を見に来るのは当たり前だ。なぜやって来ぬかと、不思議に思っていたくらいだ。よろしい。素人にも一と通りわかるように説明してあげよう」

実に変てこな問答である。一同何の事か少しもわからないで、目をパチパチやっていたが、明智が小声で説明するのを聞いてやっと仔細がわかった。

大川博士といえば、十年ほど以前までは、大学教授として、世にも聞こえた人であったが、教職を辞して、一種奇妙な研究に没頭しているという噂が伝わったまま、世間から忘れられてしまった。どこで何をしているのか、誰も知るものはなかった。

彼の研究は、人間の容貌を随意に変える方法、つまり「人間改造術」とも称すべきもので、医学と美容術とをまぜあわせた一種異様の題目であったが、この気違いめいた仕事を気味わるがって、かえりみる者もなかった時、ふと博士と知り合い、その手腕を信じ、博士を助けて「人間改造術」を完成せしめ、大芝居をうって見ようと、途方もない考えを起こした男があった。

彼は窮乏《きゅうぼう》のどん底にあった博士に、生活費と研究費を供給した。十年に近い年月、うまずたゆまずそれを続けた。

一年ほど以前、大川博士のこの奇怪なる研究は、幸か不幸か見事に完成した。ある人間をまったく違った人間に作りかえること、又、ある人間と寸分違わぬ人間を作り出すこと、すべて自由自在である。

だが、研究の完成と同時に、精魂《せいこん》を使いはたしたのか、或いは悪魔の仕事が神の怒りにふれたのか、大川博士は気が違ってしまった。彼は狂人なのだ。しかし、気違いながらも、不思議なことに、人間改造の施術は忘れぬ。完成した大発明を、黙々として実行する、一種の機械となり終った。

博士に資金を供給した男にとって、この博士の発狂は、かえってしあわせであった。彼は早速一軒の古洋館を買い入れ、その地下室を拡張して、悪魔の製造工場を作った。奇怪なる牢獄病院を設けた。

大川博士は地下室の牢獄にとじこめられた。だが、その牢獄には人間改造施術のあらゆる器具薬品が用意され、実験台となる生きた人間まで供給された。狂博士は嬉々《きき》として施術に従った。彼は彼の施術がいかなる用途に供されるかは少しも知らず、ただ技術のための技術に没頭して、牢獄病院の院長の地位に甘んじていた。博士に資金を供給し、博士の発明を利用した男とは、いうまでもなくにせ品川四郎すなわち白蝙蝠団の首領であった。彼はわれとわが身を、最初の実験台として、科学雑誌社長品川四郎に変身する施術を受け、それが出来あがると、この物語の前段に詳記したとおり、或る時は映画に、新聞の写真版に顔をさらし、或いはスリを働き、或いは他人の妻を盗むなど、種々様々の奇怪な実験を行い、大川博士の施術が完全に世人をあざむき得るや否やをためした上、いよいよ大丈夫と見きわめがつくと、ここにその目的の記載をはばかるがごとき、彼の最後の大陰謀にとりかかったのである。悪事の加担者《かたんしゃ》を得ることは、何の造作もなかった。少しの危険もなく、一夜にして天下の大富豪となり、一国の宰相《さいしょう》となることを否《いな》む者はなかった。

その時明智がこんな詳しい話をしたわけではない。ただ大川が狂せる大発明家であることを簡単に説明したに過ぎぬ。彼はそれに続けてこんなことをいった。

「大川博士の完成したものは、悪魔の技術です。一刻もこの世の日の目を見せてはならない、地獄の秘密です。この施術室はただちに破壊されるでしょう。博士はほんとうの牢獄につながれるでしょう。明日からは見ようとしても見ることの出来ない不思議です。我々はこの機会に魔術の正体を覗き、魔術師の学説を聞いておきたいと思うのです」

誰も不賛成をとなえるものはなかった。一同白髪の狂博士が導くままに、並ぶ寝台の枕元へと、近づいて行った。

博士は色々の施術具や、薬品を示しながら、雄弁に彼の不思議な人間改造術を説明した。何をいうにも、施術の腕のほかは、気違い同然の老人ゆえ、どこか地獄の字引きでも探さなくてはわからぬような変な片言《かたこと》がまじったりして、要領を得ぬ部分は多かったが、その大要は左のごときものであった。

「警察のお役人なれば、変装術というものを御案内じゃろう。鬘を冠ったりつけ髭をしたり、眼鏡をかけたりするあり来《きた》りの方法だ。それがもし、鬘も、つけ髭も、眼鏡も使わず、生地《きじ》のままの人間の顔を、真から変えることが出来たら、どうじゃ、子供だましの変装術なんて、全く不用になってしまう。わしの方法は、その生まれつきの人間の顔をまるで違ったものに改造する。ほんとうの意味の変装術だ。

「男でも女でもよい。非常にみにくい生まれつきのものは、一生涯恥かしい思いをせにゃならぬ。恋には破れ、人にはさげすまれ、ついには世をのろうことになる。それを救う方法としては、これまではただざまざまの化粧法があったばかりだ。化粧とはつまり塗り隠すことで、とうてい生地から美しくなるものではない。眼は大きくならず、鼻は高くならず、口は小さくならぬのだ。ところが、わしの改造術はこの不可能事をなしとげた。つまりわしの方法こそ本当の意味の化粧術だ」

大川狂博士の演説はこんな風に始まった。

人間の容貌の基調をなすものは、骨骼《こっかく》と肉附きである。容貌を変改するためには、先ず骨骼からして改めていかなくては嘘だ。骨をつぎ、骨をけずる。今日の外科医学で、それは不可能なことではない。わかりやすい例でいえば、歯根膜炎《しこんまくえん》の手術、蓄膿《ちくのう》症《しょう》の手術のごとき、日常茶飯事のように骨をけずることを実行しているではないか。ただ容貌をかえるだけのために、骨をけずり骨をつぐような大胆な外科医がないまでのことだ。それを大川博士はやってのけたのだ。

肉附きをかえることは一層容易である。栄養供給の多寡《たか》によって、肥瘦《ひそう》せしめるのも一法だが、もっと手っとり早い方法がある。それは現に隆鼻術《りゅうびじゅつ》に行われている、パラフィン注射だ。頬をフックラさせるためには、含み綿のかわりに、その部分へパラフィンを注射すればよい。額でも顎でもすべて同じことだ。

だが従来の隆鼻術でもわかるように、パラフィン注射は変形しやすい。長い間には、パラフィンが皮膚の内部で、だんごみたいに固まって、変な形になる。又温度を加えると、グニャグニャして指で押さえると、へこんだりする。そんな方法ではいけない。大川博士のやり方は、縦横に織りなされる皮膚組織内にごく細いパラフィン線を、別々に幾度にも注入して、パラフィンの肉質化をはかり、永久に同じ形状をたもたしめる。けっしてだんごになったり、溶けて流れたりしないのである。

肥満せる肉は、口腔内からの脂肪剔出《しぼうてきしゅつ》手術によって、たくみに変形せしめることが出来る。かくして、骨格と肉附きとを随意変形すれば、それだけでもうその人の容貌はいちじるしく変わってしまうのだが、それではむろん不充分だ。次に頭髪の変形変色が必要である。生え際をかえるためには殖毛術《しょくもうじゅつ》、脱毛術が応用されねばならぬ。髪の癖をなおすためには特殊の電気装置があり、染毛剤の利用、毛髪の色素を抜き出して、適宜の白毛を作る施術が行われる。

眉と髭についても同様に、脱毛、殖毛、変色の方法がある。

眼瞼《まぶた》の変形、二重《ふたえ》眼瞼の創作等は、現に眼科医によって行われているところだが、大川博士は、その手術をさらに拡張して、睫《まつげ》毛の殖毛術、目の切れめの拡大縮小、つぶらな目、細い目、自由自在に変形することが出来る。

鼻は、前述の改良隆鼻術と、軟骨切除《なんこつせつじょ》によって、随意に変形し、口も目と同様広狭《こうきょう》自在である。これらの手術には大川博士は電気メス、ボビー・ユニットを用いている。

口腔内部、ことに歯の変形は、容貌変改上きわめて重大である。歯を抜き或いは植え、歯並を変形する手術は、現に歯科医によってある程度まで行われているが、大川博士はそれをさらに広く深く究《きわ》めたのである。

皮膚の色沢《しきたく》については、ある程度までは、電気的又は薬品施術によって、改めることが出来るが、それ以上は、やはり外用《がいよう》の化粧料をまたねばならぬ。

之を要するに「大川博士の人間改造術」は、その個々の原理には別段の創見《そうけん》があるわけではない。ただ従来何人も手を染めなかった、総合医術を創始したまでである。整形外科と、眼科と、歯科と、耳鼻科と、美顔術、化粧術の最新技術にさらの一段の工夫をくわえ、それを組み合わせて、容貌変改の総合的技術を完成したまでである。だが、既成医術を、かくまで網羅的《もうらてき》にただ容貌変改のために総合利用せんとしたものは、いまだかつて前例がない。しかも、個々に離れていては、左ほどに目立たぬ各種医術が、一つの目的に集中せられた時、かくまで見事な成果をもたらそうと、何人《なんぴと》がよく想像したであろう。

実在の人間をモデルにして、それと全く同じ容貌を創造するためには、もっともモデルに近き身長骨格、容貌の人物が、素材として探し出される。大川博士はちょうど指紋研究家が指紋の型を分類したように、人間の頭部及び顔面の形態を、百数十の標準型に分類した。模造人間を作るためには、モデルと素材とが、この同一標準型に属することが必要である。たとえば明智小五郎の贋物を作るためには明智ともっともよく似た容貌風采の人物（青木愛之助がそれであった）を探し出し、博士みずから、モデルの身辺に近づいて、ちょうど画家がモデルを眺めるようにそれを眺め、病院に帰って幾種かのモデルの写真を前において、手術にとりかかるのである。いわば一種の人間写真術だ。

くだいていえば、大体右のごとき事柄を、大川博士は一種異様の、奇怪な、気違いめいた表現で物語った。人々がそれを聞いて、何ともいえぬ、悪夢にうなされているような、変てこな気持になったことはいうまでもない。

大団円

「ではここにいる三人も、先生の手術を施されたわけですね」

明智が尋ねた。

三人というのは、本物の赤松総監と、宮崎常右衛門氏と野村秘書官だ。贋物をこの世に送り出した上は、本物の方は、まったく違った人間に改造してしまわねば危険だ。

賊がそこへ気づかぬはずはない。

「ウン、まだ着手したばかりだ。皮膚の色艶《いろつや》をかえるために、薬をぬったところが、あばれて仕方がないので、睡眠剤を注射したところだ」

「顔の繃帯を取って見てもよろしいでしょうか」

「いや、そいつはいけない。今繃帯をとっては、元の木阿弥《もくあみ》だ。薬剤の効力がなくなってしまう。とってはいけない」

薬剤の効力がうせるのは、こっちの望むところだ。博士が何と云おうとも、繃帯をとらなければならぬ。

明智は刑事達に目くばせして、博士が邪魔をせぬよう、つかまえさせておいて、構わず繃帯をめくり始めた。

「コラッ、いかんというのに、コラッ、やめぬか」

白髪の老博士は、刑事につかまれた両手を振りほどこうと、じだんだを踏みながら、恐ろしい見幕でどなった。

「静かにしろ。そうでないと、痛い目を見せるぞ」

刑事がどなり返した。

「うぬ、もう我慢が出来ぬ」

博士はけもののようになりながら、刑事に武者振りついて行った。

恐ろしい格闘が始まった。狂人はなかなか手ごわく、刑事が二人がかりでも、取静めることが出来ぬ。

だが、滅多無性《めったむしょう》にあばれ廻っているうちに、博士の足がすべった拍子に、寝台の鉄の手すりで、いやというほど後頭部を打った。

博士はウーンとうめいて、ぶっ倒れたまま、しばらく起き上がる力もなかったが、刑事たちがはせ寄ってだき起こすと、やっと顔を上げて、いきなりヘラヘラ笑い出した。半狂人が全く気違いになってしまったのだ。

一方、三人の繃帯はとり去られ、睡眠剤の効力も薄らいだのだが、今の格闘騒ぎに意識を回復した彼らの顔には、まだ何の変化も現われていない。元のままの総監と、富豪と、秘書官であった。

ちょうどその時、

「賊が逃げた、早く来てくれ」

というけたたましい叫び声。

賊をとじこめておいた、さっきの小部屋の方角だ。見張りの刑事が叫んでいるのだ。

一同ハッとして、その方へかけ出そうとした時、意外にも、三人の賊がこちらへ走って来る。外へ逃げたところで助からぬと観念したのであろうか。
ソレッとばかり、刑事の一団が、賊に向かって殺到した。
あとでわかったのだが、あの小部屋のドアは、中からも鍵がかかるようになってい
て、しかもその合鍵をもう一本賊が持っていたのだ。彼らはお互いに縄をほどきあっ
て、その鍵でドアをあけて、見張りの刑事を突き飛ばして逃げ出したのだ。
それにしても、なぜ彼らは外へ逃げないで、奥の方へ走って来たのか。
ああ、わかった。彼らには最後の切札が残されてあったのだ。
見よ。にせ品川は死にもの狂いの形相すさまじく、穴蔵の片隅に立ちはだかって、
黒い円筒形のものを振りかざしているではないか。
尻尾のような口火がチョロチョロ燃えている。
「さあ、この穴蔵を逃げ出せ。そうでないと、皆殺しだぞ」
賊が引きつった唇で、わめいた。
あっと驚く人々、中にはすでに入口へとかけ出すものもあった。
「いや、逃げ出すことはありません。オイ、君、僕がそのおもちゃに気づかなかったと
思っているのかい。ピチピチ燃えているね。だが燃えるのは口火の先っぽばかりだぜ。
火薬の方は、水びたしで、まるきり駄目になっているのを知らないのかね」

明智があざ笑った。彼は先にこの穴蔵を逃げ出す以前、この危険物に気づいて、ちゃんと処理しておいたのだ。

「ほら見たまえ。口火の火の色がだんだんあやしくなって来たぜ。おや、いやに煙が出るじゃないか。ジューッといったぜ。見たまえ。もう火は消えてしまった」

賊は紫色にふくれ上がって、じだんだを踏んだ。

「この悪魔の巣窟を爆発させるというのは、いい思いつきだ。実際こんないまわしい場所は、木葉微塵《こっぱみじん》に破壊してしまうに越したことはないよ。だが今はまあ思いとまるがいい。人間まで巻きぞえを食ってはたまらないからね」

かようにして、白蝙蝠の一味はことごとく逮捕せられた。狂博士の助手を勤めていた二青年も例外ではない。

まったく気違いになった大川博士は、悪魔牢獄病院から精神病院の檻の中へと移された。

賊の巣窟は「人間改造術」の器具薬品とともに、さる夜火を失して、灰燼《かいじん》に帰した。悪魔の陰謀は跡方《あとかた》もなくほろびてしまったのだ。

で、この一篇の物語は、何の証拠もない、荒唐無稽の夢を語るものといわれても、一言もないのだ。

容貌を自由自在に変える術。

生地《きじ》のままの変装術。

そんなものがこの世に行われたならば、人間生活にどんな恐ろしい動乱がまき起こることか。思うだに戦慄を禁じないではないか。

夢物語でよいのだ。

夢物語でよいのだ。


（『文芸倶楽部』昭和五年一月号から十二月号まで）

この物語は一カ年にわたって月刊雑誌に連載されたものです。そういう場合の通例として作者は月々筆をとって物語を進めて行きました。したがって、月々の心変わり、筋の運びの冗漫、其他幾多の欠陥あることをお詫びしなければなりません。又、物語を前後篇に分かち、後半を改題し、小見出しの体裁、筋立て、文脈に至るまで一変しているのは、雑誌の販売政策上、編集者の注文に応じなければならなかったからです。素人探偵明智小五郎の登場も、同じ注文によるものです。

注1　村山槐多
大正時代の洋画家。この小説は「悪魔の舌」のことで、乱歩の「人間豹」などにも影響を与えている。

注2　中折
中折れ帽。上部をへこませたソフトフェルト帽子。前を上げて斜めにかぶることを、あみだかぶりという。

注3　何百円
現在の数十万円。（当時の乱歩全集が一冊一円なので、二千倍程度が目安になる）

注4　マッカレイ
ジョンストン・マッカレー。「地下鉄サム」で有名な米国の作家。『新青年』などに翻訳が掲載されていた。クラドック刑事もその登場人物。

注5　牛太郎
妓夫太郎。遊女屋の客引きなどをする男性従業員。

注6　五十円
現在の十万円程度。

注7　二十五円
現在の五万円程度。

注8　続飯づけ
続飯は飯粒をつぶした糊。それでぴったりと貼りつけたように離れないこと。

注9　福助
歌舞伎役者、五代目中村福助。美貌で有名な女形。

注10　十二階
浅草凌雲閣のこと。乱歩の「押絵と旅する男」の舞台ともなる高層の展望塔。関東大震災で半壊し、取り壊された。玉乗りなどはその近辺にあった見世物。

注11　浅草ウルニング
ウルニングとは受け身の男性同性愛者。ここでは男娼のことと思われる。

注12　一万円
　現在の二千万円程度。

注13　立川
　まだ羽田は開港しておらず、東京の立川飛行場と大阪木津川飛行場の定期旅客便の運航が始まったばかりだった。

注14　ラスト・マーダラア
　LUST MURDERER。快楽殺人者。金や恨みではなく、快楽のために人を殺す。

注15　中気病み
　脳血管障害による身体の麻痺がある人。

注16　十円
　現在の二万円程度。

注17　総罷業
　ゼネラルストライキ。産業や地域全体で、労働者が労働をおこなわず抗議すること。

注18　怨府
人々のうらみの集まるところ。

注19　三太夫
家令や執事の俗称。華族や金持ちの家で、事務や会計を担当した人。

「猟奇の果」もうひとつの結末（前篇の末尾より続く）

老科学者人体改造術を説くこと

「オオ、お客さんか。こちらへお入りなさい」

その人物は手術着のような白衣を着た白髪白髯の老人であった。薄暗くてよくは分からぬが、顔中白ひげに覆われたむく犬のような怪老人である。

愛之助は何かしら催眠術でもかけられたような気持で、フラフラと奥の部屋へ入って行った。やはり薄暗い部屋であったが、見た所化学実験室と外科手術室とを兼ねたような感じの部屋であった。大きな琺瑯《ほうろう》塗りのベッドがあり、ピカピカ光るメスの類が並んだガラス戸棚が見え、一方の隅には複雑な電気装置があり、試験管やフラスコなどのゴタゴタ並んだ大テーブル、種々様々のガラス瓶の行列した薬品棚。

「マア、おかけなさい」

白衣の老人は検微鏡の置いてある机の前に腰かけて、前の椅子をさし示した。愛之助は無言のままそこにかける。

「あんた、生まれ変わりたいのだね」

「エッ、生まれ変わるといいますと？」

愛之助がびっくりしたように聞き返すと、老人はニヤリと笑った。

「そう。あんたは自分を消してしまいたいのじゃろう。イヤ、何も秘密をうちあけるには及ばん。わしはあんたの身の上など聞きたくはない。何も訊ねないで御希望に応じるのがわしの商売です。あんたからはもうちゃんと莫大な前金を頂いておる。わしはただ黙ってあんたを生まれ変わらせて上げればよいのじゃ」

愛之助は何か途方もない狂人の国にまぎれこんで来たような感じがした。こちらも気違いの気持になって考えて見ると、どうやら老人の言う意味が分かるような気がする。だが、そんな馬鹿馬鹿しいことが、いったいこの世にあり得るのだろうか。

「生まれ変わることが出来たら、誰だって生まれ変わりたいでしょうね。しかし、あなたのおっしゃる意味はどういう事でしょうか」

「つまり、あんたという人間がこの世から無くなってしまうんだ。死ぬのだね。そして、全く別の一人の人間がこの世に生まれて来るのだ。その代価が一万円。どうです、廉《やす》いものじゃろう」

「そんなことが、本当に出来るのですか」

「ウン、出来る。厄介じゃが一つ説明するかな。ここへ来る客人は皆、わしの説明を聞くまでは手術を承知しないからね。あんたもそうじゃろう」

「手術といいますと?」愛之助はビクッとして顔色を変えた。

「ハハハハハハハ、怖がっているね。イヤ無理はない。最初は誰でも死刑台へでものぼるような顔をするものじゃ。よろしい、素人分かりのするように一つ説明しましょう」老人はやおら居ずまいを直して語りはじめる。「あんたは泥棒や探偵の用いる変装術というものを御存知じゃろう。鬘《かつら》をかぶったりつけ髭をしたり眼鏡をかけたりするあり来《きた》りの方法だ。それが若《も》し鬘もつけ髭も眼鏡も使わず、生地のままの人間の顔を、真から変えることが出来たらどうじゃ。子供だましの変装術なんて全く不用になってしまう。わしの方法は、その生まれつきの人間の顔をまるで違ったものに改造する、本当の意味の変装術だ。男でも女でもよい。非常に醜い生まれつきのものは、一生涯恥かしい思いをせにゃならぬ。恋には破れ、人にはさげすまれ、遂には世を呪うことになる。それを救う方法としては、これまではただ様々の化粧法があったばかりだ。化粧とはつまり塗り隠すことで、到底生地から美しくなるものではない。目は大きくならず、鼻は高くならず、口は小さくならぬのだ。ところがわしの改造術はこの不可能事を為《な》しとげた。つまりわしの方法こそ本当の化粧術だ」

怪老人の講義はこんな風にして長々とつづいた。その要点を記せば、次のような意味になる。

人間の容貌の基調をなすものは骨格と肉附である。容貌を変改するためには先ず骨格から改めて行かなくては嘘だ。骨を削り、骨を継ぐ。今日の外科医学ではそれは不可能なことではない。分かり易い例で云えば、歯根膜炎や蓄膿症の手術の如き、日常茶飯事のように顔面の骨を削ることを実行しているではないか。ただ容貌を変えるだけのために、骨を削り骨を継ぐような大胆な外科医がないまでのことだ。それを怪老人はやってのけたのである。

肉附を変えることは一層容易である。栄養供給の多寡《たか》によって肥瘦《ひそう》せしめるのも一法だが、もっと手っとり早い方法がある。それは現に隆鼻術に行われているパラフィン注射だ。頬をふっくらさせるためには、含み綿の代わりに、その部分へパラフィンを注射すればよい。額でも顎でも凡て同じことだ。

だが、従来の隆鼻術でも分かるように、パラフィン注射は変形し易い。長い間にはパラフィンが皮膚の内部で団子みたいに固まって変わる形になる。又温度を加えるとグニャグニャになって、指で圧《おさ》えるとへこんだりする。そんな方法ではいけない。

怪老人のやり方は、縦横に織り成された皮膚組織内に、ごく細いパラフィン線を別々に幾度も注入して、パラフィンの肉質化を計り、永久に同じ形状を保たしめる。決して団子になったり溶けて流れたりしないのである。

肥満せる肉は口腔内から脂肪剔出《てきしゅつ》手術によって巧みに変形せしめることが出来る。かくして骨格と肉附とを変形すれば、それだけでもうその人の容貌は著しく変わってしまうのだが、それでは無論不充分だ。次に頭髪の変形変色が必要である。生え際を変えるためには殖毛術、脱毛術が応用されねばならぬ。髪の癖を直すためには特殊の電気装置があり、染毛剤の利用、毛髪の色素を抜き出して適宜の白毛を作る施術が行われる。眉と髭についても同様に脱毛、殖毛、変色の方法がある。

瞼《まぶた》の変形、二重瞼の創作等は現に眼科医によって行われている所だが、怪老人はその手術を更《さ》らに拡張して、睫《まつげ》毛の殖毛術、瞼の切れ目の拡大縮小、つぶらな目、細い目、自由自在に変形することが出来る。

鼻は前述の改良隆鼻術と、軟骨切除によって随意に変形し、口も目と同様広狭自在である。

口腔内部殊《こと》に歯の変形は容貌改変上極めて重大である。歯を抜き或いは殖《う》え、歯並みを変形する手術は現に歯科医によってある程度まで行われているが、怪老人はそれを更らに広く深く究めたのである。

皮膚の色沢については、ある限度まで電気的又は薬品施術によって改めることが出来るが、それ以上はやはり外用の化粧料にまたねばならぬ。

之を要するに怪老人の「人間改造術」はその個々の原理には別段の創見があるわけではない。ただ従来何人《なんぴと》も手を染めなかった綜合医術を創始したまでである。整形外科と眼科と歯科と耳鼻科と、美顔術、化粧術の最新技術に更らに一段の工夫を加え、それを組み合せて、容貌変改の綜合的技術を完成したまでである。だが、既成医術をかくまで網羅的に、ただ容貌変改のために綜合利用せんとしたものは、未《いま》だ嘗《かつ》て前例がない。しかも個々に離れていては左《さ》ほど目だたぬ各種医術が、一つの目的に集中せられた時、かくまで見事な成果を齎《もた》らそうとは、何人も想像しなかったところである。

実在の人間をモデルにしてそれと全く同じ容貌を創造するためには、最もモデル近き身長骨格容貌の人物が素材として探し出される。怪老人は丁度指紋研究家が指紋の型を分類したように、人間の頭部及《および》顔面の形態を百数十の標準型に分類した。模造人間を作るためにはモデルと素材とがこの同一標準型に属することが必要である。ある人物の贋物を作ろうとする時には、先ずその人物と同一標準型の別人を探し出し、怪老人自らモデルの身辺に近づいて、丁度画家がモデルを眺めるようにそれを眺め、ラボラトリーに帰るとモデルの写真を幾つも前に並べて、贋物の方の手術にとりかかるのである。謂《い》わば一種の人間写真術だ。

怪老人は大体右のような事柄を、一種異様の気違いめいた表現で講演したのである。これを聞かされた青木愛之助が、悪夢にうなされているような何とも云えぬ変な気持になったことは云うまでもない。

猟奇の果の演出者最後の告白を為すこと

愛之助は怪老人の長口舌《ちょうこうぜつ》を聴いている内に、当然あることに思い当たっていた。講演が終わるのを待ち兼ねて、それを訊ねないではいられなかった。

「それで分かりましたよ。だから品川四郎が二人いたのですね。第二の品川四郎を作り出したのはあなただったのですね」

「イヤ、名前は禁物じゃ。わしはあんたの名前も聞こうとは思わぬ。名前も身分も何も聞かないで御依頼に応ずるというのがわしの営業方針でね。品川四郎なんて無論わしは知りませんよ」

「アア、そうですか。そうでしょうね。そうあるべきですね」愛之助はしきりに感心しながら、「じゃ品川の写真を見せれば、お分かりになるでしょう。しかし、残念ながら今あの男の写真を持っていないので……」

「ウン、写真があれば、どういう手術をしたかということを思い出すじゃろう」と云《い》いさして怪老人はじっと愛之助の目を覗きこむようにしながら「しかしね、あんた。写真には及びませんよ。よろしいか。一つあんたに見せるものがある。よくわしの顔を見ていなさい。よいかな」そして、老人はクスクス笑い出した。ギョッとするような笑い方であった。

愛之助は気が遠くなるような気がした。何かしら驚天動地の怪事が勃発《ぼっぱつ》する前兆のようなものが、じかに心臓の中へ躍り込んで来た。

老人は目尻に皺をよせてニヤニヤしながら、長い髯を手で掴んで、キュウキュウと左右にふり動かしていたが、すると髯全体がゴムのように伸びはじめた。イヤ、伸びたのではない。離れたのだ。皮をはぐように、髯の根元が顎から離れて来たのである。顔中の鬚を取り去ってしまうと、今度はモジャモジャの頭髪に手がのびた。それが左の方からクルクルとむけて行った。白髪の下から黒い若々しい髪の毛が現われて来た。

愛之助はヒョイト立ち上がって、いきなり逃げ出そうとした。鬘とつけ髯の下から現われて来る顔を見たくなかったからだ。しかし見てしまった。もう逃げ出す力もない。ヘナヘナと元の椅子に腰をおろした。

怪老人の顔の下から新しく生まれた別人の顔がニヤニヤ笑っていた。笑っている口がどこまでも無限に拡がって行くような感じであった。

「ハハハハハハ、どうです。品川四郎というのはこんな顔じゃなかったかね」

老人の声が品川四郎の声に変わっていた。顔も品川と寸分違わなかった。三人目の品川四郎が忽然としてここに現われたのである。

「オオ、あんたは？　君は？」

それ以上口を利くことも出来なかった。愛之助は恐ろしい悪夢の中に悶《もだ》えていた。

「オイ、青木君、どうだね。これが猟奇の果というものだぜ」

三人目の品川四郎が、品川四郎の声で、品川四郎の心易《こころやす》さで話しかけた。

「ウ、猟奇の果だって？」

「そうさ。これが猟奇の行きつまりというわけさ。どうだい、堪能《たんのう》したかい」

「堪能だって？」

「君の持病の退屈が救われたかというのさ」

「退屈だって？」

「フフフフフフ、君は退屈を忘れていたね。退屈病患者の君が退屈を忘れていた。これは一大奇蹟だぜ。その奇蹟料が一万円は廉かろう」

「エ、一万円？」

「さっきのポンピキ青年に君が渡した一万円さ。人間改造術なんて嘘っぱちだよ。あんなお能の面のような顔の青年を傭《やと》って、怪老人の改造術をまことしやかに見せかけたというわけだよ」

「ウウ、そうか。すると君も……」

「ウン、正真正銘の品川四郎、科学雑誌社長の品川四郎兼スリの品川四郎、君の奥さんをたぶらかした品川四郎、生首接吻の品川四郎、ハハハハハハ、どうだね、正に一万円は廉いものだぜ」

愛之助はポカンと口を開いたまま阿呆のように黙りこんでいた。

「種あかしが必要かね。どうも必要らしいね。いいか、君は退屈病患者だ。あらゆる猟奇をやりつくして、あとには本物の犯罪が残っているだけだった。人殺しが残っているだけだった。だが君はそこまで進む勇気が無かった。無くって仕合わせさ。でなければ今頃は刑務所か首吊台だぜ。その出来ないことを見事にやって見せた。君のため又僕のためにね。君はそれで暫《しばら》く退屈を忘れ切ることが出来たし、僕は僕でまた、君のような利口なやつをだましおおせる楽しみを、つくづく味わったのだからね」

愛之助の目はまだ空ろであった。彼は信ずべからざる事柄を信じようとして苦悶していた。

「何もかもトリックさ。という意味はね、先ず九段のスリだ。あれは僕だった。態《わざ》と君の傍へ行って呼びかけさせ、人違いらしく見せかけたのさ。石垣の中にあった財布は別にスリを働いたものじゃない。古道具屋に頼んで買い集めた古財布にすぎなかった。

東京のホテルで君と昼飯を食っていた僕が、同じ日京都で活動写真に撮られていたというのも嘘だよ。あれは心易い映画監督に頼んで、ああいう手紙を書かせたのさ。態々京都へ行って群集に混じって映画に入ったのは別の日なんだよ。これも同じ監督の好意でね。考えて見れば僕という男も酔狂《すいきょう》さね。

麹町の例の覗き一件は、僕の最大の力作だった。最初君が一人で覗いた時に、馬になってはい廻ったのはかく云う僕だ。露出狂というやつかね。大芝居だったよ。それとも知らず、君が僕を誘い出して、二人で覗いた時のは、僕の替え玉だ。相手の女が同じなので、雰囲気を作るのはわけは無かった。顔は違うけれどからだの恰好が僕とそっくりの男を傭ったのさ。思い出して見たまえ。あの男は上手にふるまって、決して君に顔を見せなかった。君はからだの一部分や後ろ姿ばかり見て、服装も同じだし、相手の女も同じものだから、うまく錯覚を起こしてくれたのさ。そこへ持って来て、僕が覗いた時には僕とそっくりの奴と面と向かいあったように装い、震え上がって見せたものだから、いよいよ君はだまされてしまったというわけだよ。

それから新聞写真に品川四郎が二人顔を並べていた一件だね。これもわけはない。新聞社の写真部員を買収して、群集の中へ僕の顔をうまく貼りつけて、写真銅版の原版を作らせたのさ。群集の中に何者がいようと、ニュース・ヴァリウは変わらないからね。新聞社にとっちゃ何の痛痒《つうよう》もない。だから写真部員も僕の買収に応じてくれたのだよ。

池袋の怪屋、これがクライマックスだったね。あれはただの空家にすぎない。それを僕がちょっとの間借りておいて、いろいろ細工をしたのだよ。君に殺された男？　ウン、あれもかくいう僕さ。とうとう君の念願の人殺しをさせて、最上のスリルを味わわせて上げたという次第だ。ハハハハハハ、ボンヤリしてしまったね。信じられないかい。あのピストルは空砲、僕のワイシャツの胸には血紅の入ったゴム袋が忍ばせてあったのだよ。君が発砲すると、そのゴム袋が開いてドクドク血のりがふき出すという仕掛けさ。あんな子供だましが成功したのは凡て雰囲気だよ。イリュウジョンを作り出す僕の芸の力だったのさ。聊《いささ》か自惚《うぬぼ》れてもよさそうだね」

それは実に驚嘆すべき遊戯であった。青木愛之助の猟奇の癖もさることながら、品川四郎の執拗深刻な悪戯《いたずら》に至っては、むしろこの方が病的といってよかった。彼は猟奇の演出に狂人の凝り性を遺憾《いかん》なく発揮したのである。たしかに一万円は廉いものである。世の猟奇の徒はかくの如き理想的な演出者を、どんなにか渇望《かつぼう》していることであろう。

「あの時の生首の接吻かい。ハハハハハハ、無論手品さ。切断された首ではなくて、あの台の下にからだを隠して、首だけがのっかってるように見せかけたのだよ。血みどろのね」

「待ってくれ。ちょっと、品川君、若し君の云うことが本当だとすると、僕には腑に落ちないことがある」愛之助は夢から醒めて、愕然として叫んだ。「君は態とそれに触れなかったが、一番大切なことがある。分かっているだろう」愛之助の青ざめた顔がピクピクと痙攣していた。果然《かぜん》自失から醒めたのである。醒めざるを得ないような重大問題に気づいたのである。

「分かっている。君の奥さんのことだろう。僕が奥さんをどうかしていたということだろう。名古屋の鶴舞公園の闇の中の囁き、それから君の奥さんが僕宛てに送って来たラヴ・レターだね」

品川四郎が言葉を切っても、愛之助は何も云わなかった。云えないのだ。ただ死にもの狂いの目で相手を睨みすえていた。

「無論トリックだよ。君の奥さんの貞節は保証するよ」

「証拠がほしい」愛之助は額に汗の玉を浮べて、プツリとただ一《ひ》とこと要求した。

「証拠？　よろしい。先ずラヴ・レターの方だが、これは簡単だ。無論偽筆だよ。僕が君の奥さんの筆くせを真似て書いたのさ。例によって子供だましだよ。それから、鶴舞公園であいびきしていた男は、君に呼びかけられて人違いらしく答えたけれど、正に僕だった。僕と同じ人間がこの世に二人いる筈は無いのだからね。だが安心したまえ。相手の女は君の奥さんじゃなかった。後ろ姿と声だけが奥さんに似ている別人なんだよ。僕は随分苦労をしてその女を探し出した。あるカフェの女給なんだがね」

「証拠を見せたまえ」愛之助はまだ信じ切れなかった。

「よろしい。証拠はちゃんと用意してある。待ちたまえ、今見せるから」

品川はテーブルの上の呼鈴に指をかけた。どこかでブザーの音がした。部屋の一方のドアが静かにひらいた。そして、ドアの向こうにスラッと背の高い女が、うしろ向きに立っているのが見えた。

「アッ、芳江……」愛之助はガタンと椅子から立ち上がって、その方へ駈け出そうとした。

「君、よく見たまえ。あれは芳江さんじゃない。……ホラ、ね」

女はゆっくりこちらに向きを変えて、しずしずと部屋の中へ入って来た。後ろ姿は芳江とそっくりであったが、顔はまるで違う。愛之助の愛妻とは似てもつかぬ、しかしこれも亦《また》一個の美人であった。

愛之助は緊張がとけてガックリと椅子に倒れこんだ。

女はその間近まで近づいて来た。そして、さもしとやかに一礼すると、愛くるしい靨《えくぼ》を見せて、恰好のよいルージュの唇で、嫣然《えんぜん》と頰笑《ほほえ》むのであった。

『猟奇の果』解説

落合教幸

この『猟奇の果』は、江戸川乱歩の長篇小説の中でも、かなり奇妙な構成の作品である。それにはこの小説の成立事情が深くかかわっている。

乱歩は大正末に集中して短篇を発表した。「D坂の殺人事件」「屋根裏の散歩者」「人間椅子」など、よく知られている作品の多くがこの時期に書かれている。大正十五(一九二六)年一月の東京への転居と前後して、いくつかの長篇にも取り組んだが、著者自身でも納得のいくものを作り上げることはできなかった。

昭和二(一九二七)年から翌年にかけて、一年半ほどの休筆を経て、昭和三(一九二八)年の夏「陰獣」で復帰する。新機軸を打ち出そうと模索したものの、結局これまでの総決算のような作品になってしまったと乱歩は考えていた。だが、結果的に「陰獣」は評判も良く、現在でも評価の高いものとなっている。

昭和四(一九二九)年には、長篇「孤島の鬼」を書く。恩人である博文館の森下《もりした》雨村《うそん》からの依頼で、新雑誌『朝日』に連載することになったのだ。

東京で会社員をしている主人公は、職場で知り合った女性と付き合うようになるが、彼女には出生にまつわる秘密があった。奇怪な人物が周囲に出現し、主人公は事件に巻き込まれていく。主人公は友人とともに、彼女の出身地である島へと渡る。同性愛の知見や人間改造といった趣向を取り込み、サスペンスを描いた。

この昭和四年という年には、「芋虫(悪夢)」「押絵と旅する男」「虫」「何者」という短篇・中篇の傑作も書かれている。残念ながらこれ以降の時期に短篇はごく少なくなってしまう。長篇連載と中短篇が、バランス良く生み出された稀有な年だったのである。

そして八月から、「蜘蛛男」の連載が始まる。この小説が掲載されたのは『講談倶楽部』だった。当時、講談社の雑誌に小説を書くことは、原稿料は良くても通俗的なものを書くよう要求されると言われていて、多くの作家から敬遠されていたと乱歩は書いている。だが乱歩はこの依頼を引き受け、以後、続けて長篇小説を提供していくことになる。

乱歩が意識したのは、少し前にも翻訳が刊行されていた、モーリス・ルブランの怪盗アルセーヌ・ルパンのシリーズと、少年期に親しんだ黒岩涙香《くろいわるいこう》の作品だった。

美術商の事務員として雇われた女性が、石膏で塗りこめられたバラバラの死体となって発見される。行方を捜していたその姉にも危険が迫っていく。犯罪学者の畔柳博士が捜査に着手するが、巧妙な犯人に翻弄されてしまう。そして後半では、帰国した明智小五郎が捜査に乗り出し、蜘蛛男と対決することになるのである。

この連載は翌昭和五（一九三〇）年の六月まで続いた。乱歩はこの昭和五年に短篇を発表せず、長篇小説が執筆の中心となった。この「蜘蛛男」と、間を置かずに翌月から始まった「魔術師」は『講談倶楽部』の連載である。加えて九月からは、同じく講談社の雑誌『キング』で「黄金仮面」の連載が開始される。さらに、講談社社長が経営に乗り出した『報知新聞』でも、乱歩は「吸血鬼」を連載することになるのだった。

こうして講談社系の出版物が乱歩の足場となっていくのだが、これまで中心としてきた博文館もまた、もう一方の柱であった。古巣といえる『新青年』では、連作小説「江川蘭子」の第一回を担当している。これは探偵小説作家たちがリレー式に書き継ぐ形式の小説で、横溝正史《よこみぞせいし》、甲賀三郎《こうがさぶろう》、大下宇陀児《おおしたうだる》、夢野久作《ゆめのきゅうさく》、森下雨村と続けられていった。

博文館の『朝日』で前年から連載していた「孤島の鬼」が二月に終了すると、翌昭和六（一九三一）年一月の「盲獣」まで、『朝日』の連載は少し空く。しかし同じ博文館の雑誌『文芸倶楽部』で連載を持つことになる。それが「猟奇の果」である。

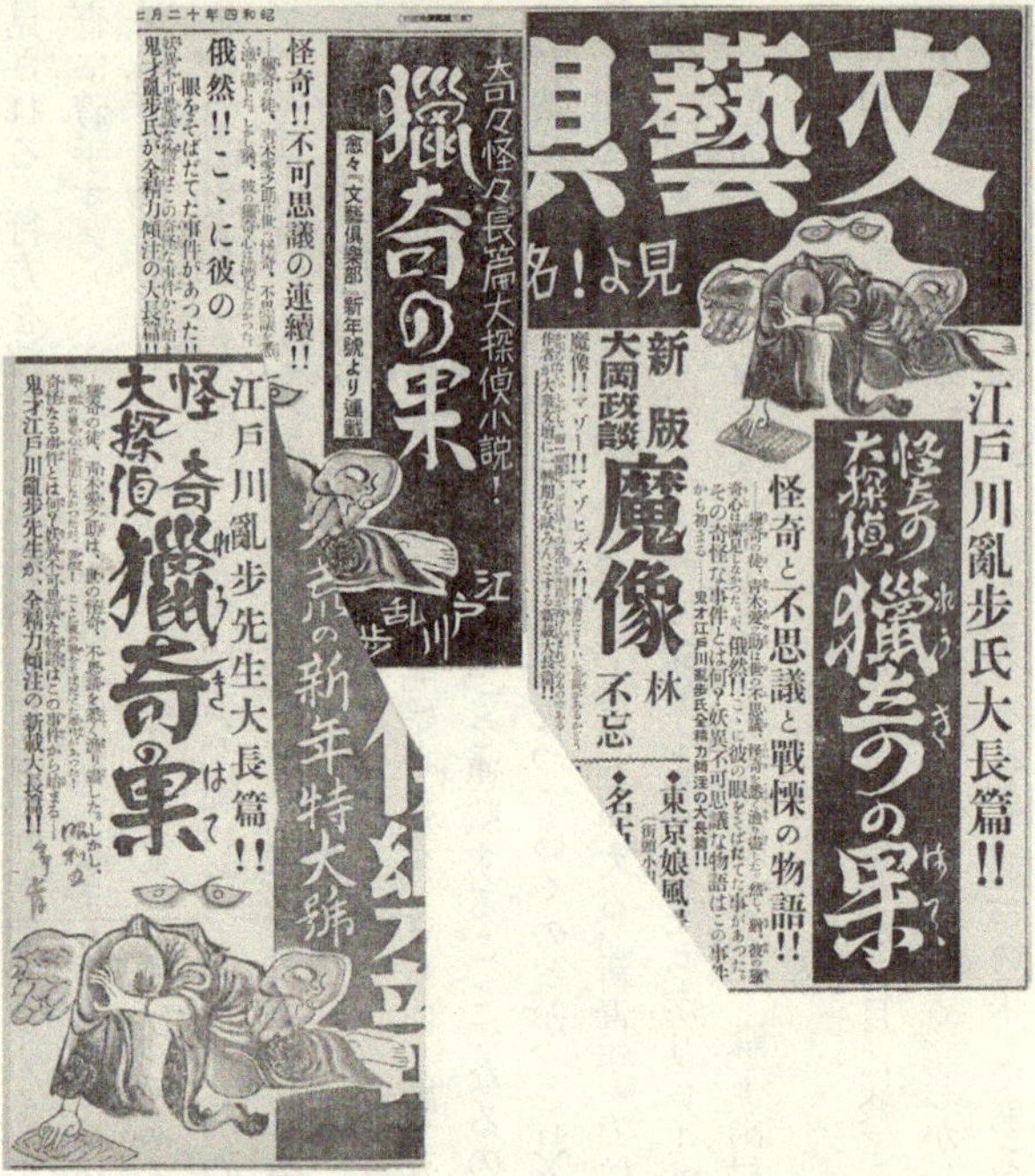

「猟奇の果」連載予告広告（『貼雑年譜』より）

この『文芸倶楽部』の編集には、『新青年』から移った横溝正史があたっていた。後年の自作解説で乱歩は「連載を始めるとき、横溝君から依頼を受けたかどうかは記憶がない」と書いているが、昭和七(一九三二)年の「探偵小説十年」では「同君から度々の依頼を受けて、辞退し切れず書き始めた」となっている。

乱歩は「ポーの『ウィリアム・ウィルソン』テーマを、逆にトリックとして使った探偵小説をこころざしたのである」と述べている。分身を扱った小説については「怪談入門」(『幻影城』所収)などでも詳述されているが、「自分と寸分違わぬ人間が、この世のどこかにもう一人いるという怖さ」を描くものだが、これを別の角度から書こうとしたのだ。

当初は「闇に蠢く」や「湖畔亭事件」のようなものとして書き始められている。だが「題材が充分発酵していなかったので、なんだかモタモタして、ほとんど効果が出ないうちに、終局に近づいてしまった」。一年連載の予定が半年ほどで「もう種明かしをしないでは、間が持てなくなった」。

困った乱歩は、横溝に電話で相談する。横溝からの助言は、講談社の雑誌に書いている「蜘蛛男」のようなものにしてはどうか、というものであった。そこで後半は題名も「白蝙蝠」と改め、冒険小説のような展開を見せることになったのである。

「猟奇の果」の後編「白蝙蝠」広告（『貼雑年譜』より）

この作品の趣向は、乱歩が好んだ「隠れ蓑願望」を強く反映している。隠れ蓑とは、天狗などが持つ、着ると姿を消すことができる蓑のことである。乱歩の多くの作品で、人に見られずに何かをしたいという欲望がさまざまなかたちで描かれていることがわかるだろう。当初の構想では、さほど現実離れした展開は想定していなかったようである。しかし後半部分では、「隠れ蓑願望」を実現する手段に荒唐無稽な設定を採用し、路線を大胆に変更したのだった。

こうした変更を加えたものの、「思う様に行かず、結局支離滅裂に終った」と乱歩は書いている（「探偵小説十年」）。しかし、戦後の乱歩はこの作品を読み直して、「変てこな、畸形な、不具者のような小説になっていることが、三十年後の私には、かえって面白く感じられた」（桃源社『江戸川乱歩全集 第七巻』あとがき）とも書いている。

なお、昭和二十一（一九四六）年の「猟奇の果」の日正書房版では、前篇に別の結末をつけた、短いものとなっている。後篇の結末を一部使用しているが、当初の構想はこのようなものであったのかもしれない。

こうして見ると、「孤島の鬼」「蜘蛛男」「猟奇の果」のいずれもが、前半と後半で大きな転換をする小説として共通していることが見えてくる。乱歩の性格、執筆方法などが長篇に向かなかったことは乱歩自身も述べているが、これらにその葛藤の跡があら

『猟奇の果』単行本広告（『貼雑年譜』より）

われていると言えるだろう。自分の特質に乱歩がそれぞれの作品でどのように折り合いをつけているか。前半と後半で全く異なった小説になっているこの「猟奇の果」は、乱歩文学についての興味深い観点を提供してくれる。

監修／落合教幸

協力／平井憲太郎

立教大学江戸川乱歩記念大衆文化研究センター

本書は、『江戸川乱歩全集』（春陽堂版　昭和29年〜昭和30年刊）収録作品を底本としました。なお、「もうひとつの結末」は光文社文庫版を底本としました。旧仮名づかいで書かれたものは、なるべく新仮名づかいに改め、筆者の筆癖はそのままにしました。漢字は変更すると作品の雰囲気を損ねる字は正字体を採用しました。難読と思われる語句には、編集部が適宜、振り仮名を付けました。

本文中には、今日の観点からみると差別的、不適切な表現がありますが、作品発表当時の時代的背景、作品自体のもつ文学性、また筆者がすでに故人であるという事情を鑑み、おおむね底本のとおりとしました。

説明が必要と思われる語句には、最終頁に注釈を付しました。

（編集部）

江戸川乱歩文庫
猟《りょう》奇《き》の果《はて》
著　者　江《え》戸《ど》川《がわ》乱《らん》歩《ぽ》

2019年6月28日　初版第1刷　発行

発行所　株式会社　春陽堂書店
104-0061　東京都中央区銀座3-10-9
KEC銀座ビル9F
編集部　電話03-6264-0855

発行者　伊藤良則

印刷・製本　株式会社マツモト

ISBN978-4-394-30170-7 C0193